山水の飄客
前田普羅

正津勉
Ben Shouzu

アーツアンドクラフツ

前書

前田普羅、これからこの俳人について一著をものしたい。普羅、それは何者なるか？

おそらく俳句愛好者ならばそれなりに詳しくもあろう。だがどうだろう。いわゆる一般的読者ではまずほとんど知りそうにない。正岡子規、河東碧梧桐、高浜虚子……、ごくふつうに近代俳句といえば、これらの教科書俳人にとどまる。かくいうわたしも事情は同様にしてかわらない。

むろんはっきりと普羅については、まったくの無知もよろしかった。おそらく読者もそのさきの当方とおなし。多くはその句どころか名からして初めてだろう。というようなしだいであればはじめに、はたして普羅とはいかなる俳人であるか、ざっくりとおさえるべきだろう。ここでは俳句評論の第一人者の定番的著作、山本健吉『定本現代俳句』（角川選書　平一〇）の前田普羅の項目をみたい。

「大正初期に頭角を現わしてきた虚子門の四天王とも言うべき作家に、（村上）鬼城・（飯田）蛇笏・（原）石鼎・普羅がある。これに（内藤）鳴雪門から出て虚子に選句を乞うた（渡辺）水巴を加えて、この五人の作家に大正期の俳句の到り着いた姿を見ることができる。明治の俳句の客観写生の非個性的な傾向に対して、この五家はそれぞれはっきりした個性において際立ち、主観の強さにおいて妍(けん)を競っている。
　そのうち普羅は広く流布(るふ)している句集がないので、一般的にはもっとも知られていないであろう。それは多数の門下を擁する主宰俳誌を彼がかかえていないことによる。これは彼の潔癖さとともに一種の狷介(けんかい)さがわざわいしているのだと思うが、そのようなことが彼を俳壇の主流に位置せしめないとしても、それは彼の作品の評価に関係することではない。彼の句柄の高さから言えば、彼は蛇笏とともに現代俳句を代表すべき一人である」

　なるほど妥当な意見であろう。これでおおよそ普羅の俳句史の位置についてわかる。あわせてまたその句と人となりを頭に描くことができよう。ところでどうして当方が特に普羅に触手を伸ばすにいたったか。まずはそのあたりから語ってゆくことにしよう。

　大正昭和前期の山岳俳句の第一人者。普羅は、そのように呼ばれてきた。そしてそのとおり最初もっぱら、こちらの関心もそこにあった。なぜかというと、それはここにきて当方が登山を再開（高校時は山岳部）してこのかた、この十年ほど、しだいにその関連の著述を数少なくものしている、それゆえである。

山岳俳句、いまそのようなジャンルがあるとしよう。すると第一人者はかの松尾芭蕉だろう。元禄二年（一六八九）陰暦六月、「おくのほそ道」の出羽三山は羽黒山・月山・湯殿山登拝、そのときの吟詠が素晴らしいのだ。

涼しさやほの三日月の羽黒山
雲の峯幾つ崩れて月の山
語られぬ湯殿にぬらす袂（たもと）かな

ここにいう出羽三山はもちろん、往古、われらが父祖らに山岳は信仰の対象であった。そして時代は下り芭蕉に倣って、与謝蕪村、小林一茶、大淀三千風（みちかぜ）などなどの俳諧師たちもまたよく深山行をしている。長く旅の空にあって紀行をものし多く山を詠んでいる。だがそれらはあえていえば主に歌枕の山里を歩くこと、はたまた先人の足跡を訪ねることであったのである。

そのように鎖国日本の旧い山行風習がつづいた。ところがそこにわが国の岸辺を驚かす事態が起きているのである。江戸の長閑を破る黒船の襲来だ。それからしばらく開化の掛け声とともに山行の様相もまた欧化の波に洗われることになる。

ウォルター・ウエストン（Walter Weston　一八六一〜一九四〇）、イギリス人宣教師・登山家。日本に三度長期滞在し、日本アルプスほか各地の山に登り『日本アルプスの登山と探検』（Mountaineering and Exploration in the Japanese Alps　英国ジョン・マレー社　一八九六年）を著し世界に紹介した。ここにわれらが父祖らはヨーロッパ近代アルピニズムの洗礼をうけるのだ。そしてそこからいきおい山岳は純粋な登攀の対象となってゆくことになる。富士山、御嶽山、白山などの霊峰から、登行欲を駆り立てられる日本アルプスは槍ヶ岳、穂高岳、剣岳ほかの稜線を、明治の新時代の登山家が目指すにいたる。

それにつれて俳人の関心も変化をみせはじめる。開拓者が、河東碧梧桐（一八七三〜一九三七）だ。高浜虚子（一八七四〜一九五九）と並ぶ子規門の双璧。まずこの人が第一歩を印している。碧梧桐は、登山家としても著名であり、明治後期から大正前期にかけ、紀行『三千里』（明四三）、『続三千里』（大三）、岳書『日本の山水』（大四）、『日本アルプス縦断記』（大六）をはじめ紀行・山岳著述も数多くある。まずこの分野の圧倒的な先駆なのである。

碧梧桐のつぎに、あげるべき次代の山岳俳人の代表はというと、普羅であろう。おそらくこのことに異論をはさむ評者はないのではないか。そうなのだがなんとなし、碧梧桐につづけてその名前をここに並べることに違和感のようなもの、をおぼえてしまうのである。どうしてなのか、かいつまんでみる。

一つ、そもそもまったく俳句の考え方が大違いなることである。「ホトトギス」に反旗をひるがえし、新傾向から果ては自由律へと走った逸脱者、碧梧桐。「ホトトギス」の圏内にあって、その中心とは距離を置き、独自の句境を探った一刻者、普羅。

一つ、このことからもしぜん山へ向かう姿も異にするにいたるのである。ひたすらな探検的の稜線踏破派である碧梧桐。いうならば伝統的な渓谷彷徨派である普羅。碧梧桐と、普羅と、句も、山も、それほどまで違えばその人となりもなにも、それこそ水と油というか。あきらかに二人はというと、いかんせん混じり合わないこと、はっきりと両極にあるのだ。

さきに前者について。当方は『忘れられた俳人　河東碧梧桐』（平凡社新書　平二四）、『風を踏む—小説「日本アルプス縦断記」』（アーツアンドクラフツ　平二四）を上梓した。ときに執筆の間中、どうしてかずっと脳裡にありつづけたのが、普羅の存在である。そして二著を書き終えたら、山の俳句の文脈に沿い、つぎに普羅に取り掛かろう、と。あらためてこの人について読みはじめ気づかされたのである。

碧梧桐は、自由奔放。だからなんとなくウマが合うものがあった。だけどどういうか。普羅は、神経過敏。ちょっとゴメンしたい感じがするといおうか。なんとも取り付きようがない、それにくわえて、どうにも首を縦にふれない、ところがあった。それもかなり多くの点にわたってだ。でもってこちらは考えたのである。まあそのあたりの曰く云いがたいところは、ふれないままで後に回してはじめるべし、と。

はじめこちらが気に入ったのは山の句だったのである。というのであえてさきに関心のある、山岳俳人普羅、のみに特化してみてみようとなった。でこちらが連載をもっている、季刊誌「山の本」（白山書房）稿「山の詩歌句」において四回（「Ⅰ甲斐の山峡」「Ⅱ越中立山」「Ⅲ飛騨山峡」「Ⅳ浅間の往還」二〇一三秋〜二〇一四夏）、にわたって俎上にしてきている。くわえて続稿を俳句同人誌「ににん」誌上で四回連載している。そうしてその稿を書きつぐなかで、世にまじってのこの人はいかにあったのかと、ごくしぜんに読み考えてきたのだ。すなわち山のほうから地べたへと。

普羅は、たしかに間違いなく大正後期から昭和前期にかけて渓谷彷徨の山岳俳人としては一級といおう。そのあたりは本文で跡付けてみてゆく。だがしかし、ことをただ山の俳人にとどめて型通り論じすまして、いいものか。いつとなしそんなふうに考えるにいたったのである。まだもっとこの人をめぐり語るべき多くのことがある。いわずもがなその句業はもとより、きれぎれにしか洩れつたわらない、はっきりとしない生涯についても。

ところで俳句について、こちらは専門ではない。詩を書く者としてごくあたりまえに、隣の芝を眺めるようにしてきただけだ。だがこの人はというと近代俳句史の上で指標的存在なることは知っている。それなのに不思議なのである。ひるがえってみればその声名のわりには、ほとんどまったく、まっとうに評価されてないようなのである。

それこそ代表する「句集」がなく、それに「主宰俳誌」が小地方誌のためか？　くわえて「潔癖」と「狷介」のせいか？　無視、とはいわない。否定、するでもない。でもどうにもなんともその処し方はといったら、いうとしたら敬して遠ざけるきらいなぐあいだ。

なんでどうしてまたそんな都合悪げなありさまなのだろう。そこには俳壇という閉鎖社会ゆえに格段特殊にする事情があるのか。はたまたいかなる問題なり困難さなりがあるのか。もとよりこちらのような門外漢にはわかりようもない。だからこそひろくその句業と生涯をみてゆこうとなった。

そういうはいえ易しくない、とっても難しそうなのである。むろんいまや生前の普羅を知る人物は皆無といっていい。くわえていま述べたようなぐあいで、関連資料、がひどく少なすぎることである。現在句集としては、各種文学全集や俳句全集に収載選集のほか、没後二十年刊行なる全句集的体裁の『定本普羅句集』[*1]（辛夷社　昭四七）がある。また句集以外の著作は、同四十年刊行の『渓谷を出づる人の言葉』[*2]（能登印刷出版部　平六）の一冊がある。両著ともに主宰誌門下による自費出版的、少部数刊行につき絶版である。現在、入手可能なのは『前田普羅・原石鼎』（新学社近代浪漫派文庫　平一九）一冊きり。つぎにまとまった参考文献としては富山時代の普羅に師事した中西舗土『鑑賞　前田普羅』（明治書院　昭五一）、『評伝　前田普羅』（同　平三）があがる。小著ではこの三著をひろく参照している。そのほかには鑑賞双書の一冊に岡田日郎『前田普羅』（蝸牛社蝸牛俳句文庫　平四）があるぐらい。ほんとうに微々たるものだ。

だけどなんでどうしてこうも、不明曖昧、にしたままになっているのか。などといまさら嘆いても詮ないことである。であればいたしかたない、少ない手持ちで進める、そうするしかないだろう。しかしどのように手をつけたらいいのか。なにしろなにぶん、まずもってその作品が平易とはいえず、さらにまた、どことなくその人物の全体がみえない、というのであるから。ほんとにどうにも手ごわさそうなのだ。

とはさて、はたして首尾よく目的を達成されますか、はじめる。

＊1　収録句数約五千句（戦中・戦後の一時期の発表句は未収録）。編者発行者・中島杏子。

＊2　『普羅句集』（辛夷社、昭五）上梓後、集中の代表句を俎上に俳誌「辛夷」裏表紙に約千字程度、句の周辺や背景を綴った。昭和六年三月号から八十回連載。

目次

弐　地ノ篇

山水の飄客

前田普羅

装丁◉坂田政則
カバー装画：谷文晁著
『日本名山圖會』立山より

壱　山ノ篇

Ⅰ　横浜㈠　弱年時

孤児的孤独

それではまずもって、年譜的事実、からみることにする。しかしなんとも、基本のそれからして、正確なるものがない、というのである。そんななかでわりと子細そうな、『鑑賞　前田普羅』（以下、『鑑賞……』と表記）収載「前田普羅略年譜」（以下、「年譜」と表記）、これを参照することにしよう。

「**明治一七**（一八八四）年、**二月一八日**、前田丑松、りせの長男として横浜市中区（現）北方町にて出生。本名忠吉。父は千葉県長生郡関村（当時）の出。母は神奈川武蔵国久良岐郡横浜区三春町（当時）田中家の出（戸籍簿の出生とは別に、実際の出生を本人は四月十八日（ママ）としていた。また出生地は東京との説もある）」（年譜）

のっけからこんな不明なしだいであれば、ほとんど出生時から幼少期のことは、はっきりとしなく空白なままにしている。そうしてなぜかまた当の本人もそこらのことを周囲に明かしていないようだ。おもうにどうやら家庭の事情は複雑であったのだろう。こんなことはこの時代であれば、それほど特別ではなかったはずだ。

というところで註書きしておきたい。わたしはあえてここでその空白部分を明らかにする、そのために戸籍簿類に当たるようなことはしない。そのようなことは本稿の目的でなければ、むろんこれ以降も一切するつもりはない。

だけどいろいろとわけありの身の上であったらしいことはわかる。そのことからひるがえってその心性に自己韜晦乃至隠蔽癖が根強くあったとおぼしいとみる。普羅は、どうにもはじめから容易な相手でなさそうである。

さて、関村（現、千葉県白子町）の前田本家（父は分家の出）は、つたわるところ村では相応の半農半漁の家であったらしい。いっぽう母りせの出については何ほども詳らかでない。父丑松は、船のコックとして働いていたという。明治三十年頃、両親は忠吉を東京飯田橋の親戚の家に預けて台湾へ渡る。このことについては日清戦争勝利と横浜航路拡大があずかったのだろう。忠吉は、そのために神田の開成中学校に入学するにいたる（というぐらいでもっとも肝要な精神形成期の記述はつきてしまうしだいだ）。

明治三十三年、十六歳、母の訃に接する。このときのショックは多感な少年に甚大で生涯におよぶトラウマとなった。少時に別れてずっと孤独な身なればなおだ。ついてはのちの講演稿「俳句自叙伝」をみられたし。

「まづ私がどうして俳句に頭を突つ込むやうになつたかと申しますと、六七分は天性であり、あとの残りは環境であつたと思ひます」として述べている。「おれにも両親揃つて居たらどんなに嬉しいであらうと考へ、よく気がふさいだものでした。これが学校に進むに従つて益々強い感じとなり、常にそれで胸が一杯でありました」「俳句を読んで居ると、恰度人が山中を歩く時に何かを与へられるのと同じやうな境地に立たされたのであります。父母から早く離れた人々にはかかる実例は必ずあると考へます。人に接するのが嫌になり、何処か静かな所で一人で居たいと云ふ要求に燃えたのであります」（『評伝……』）

「俳句を読んで居ると、恰度人が山中を歩く時……」とは、いかにも普羅らしいか。そんなにまで彼を寂しくさせたのは、いうまでもなく母の死でこそあった。さらにつぎの句をもって胸のうちを語るのである（『普羅句集』辛夷社　昭五　以下、引用句は同集から）。

月さすや沈みてありし水中花

「『夏の夜の歓楽の後の静けさ』世の中に出て、俳句を作る様になり、珍らしく水中花の記憶をよび起こした時、そんな感があつた。句中には『沈みてありし』とある。其れは水中花が沈んで居たとのみ解してもよい。遠い少年のかの時に遊んだ水中花が、かの夜母に誘はれて厠に下つた時、展き切つて沈んで居た。母在はせしかの少年の時、母在はせしかの少年の時と云ひたいのである」（『渓谷を出づる人の言葉』以下、付記なき場合は同書から。明らかな誤植・誤字はこれを正す）

なんとこんなにまでも母を恋いこがれようとは。いやほんとちょっと貰い泣きしそうではないか。ついでにもう一つ瞼の母ものをみたい。これがまた佳いのである。どうにもこうにもウルウルしてきてならない。

花を見し面を闇に打たせけり

「家にはあかりが灯いて居た。母は、

ように家へ帰へつた。

と云ひながら障子を明けて縁に座はつて、小さい庭の闇を見つめた。自分も母の傍に座はつた。

御花見に行つて埃だらけになるより、かうして静かな庭を見て居る方がいゝネ。

自分にふり返へりもせず、母は独言の様に云つた。あかるい花と、群衆と、喚声とで茫とした母の心は、刻々にさめて行く様だ。自分の子供心からも、お花見のときめきが闇に吸収されて行くのが判つた」

前者の、夏の夜の水中花。後者の、春の夜の花見。なんという舞台と小道具の念入りぐあいか。

さきにわたしは自己韜晦乃至隠蔽癖におよんでいる。とするとこんなにも美文調もすぎるありようはどうだ。いうならばあえてそれに相反しよう自己陶酔乃至劇化癖のする発露とみていいだろうか。その両端に振れる振幅の大きさ。あらかじめ断っておけば、それこそ普羅の俳句と生涯をずっと、あやうげに揺らしつづく。そしてそれがときに厄介な理解しがたい問題を惹起させもするのである。そこらはのちのことにして。さて、ともすると悲しく塞ぐばかりであった、孤独な忠吉少年が心和み、のめりこむ二つの楽しみをみつけた。そのいずれもがちょっと通り一遍の少年の好みらしからぬものなのだ。

志賀重昂

忠吉がまず関心を寄せたのは山岳である。これにはある本が呼び水となっている。

志賀重昂（しげたか）（一八六三〜一九二七）、三河国岡崎（現、愛知県岡崎市）生まれ。世界的な地理学者で、国士的な評論家、政治家、ジャーナリスト。重昂には一世を風靡した代表的著作『日本風景論』（政教社　明二七）がある。忠吉は、いつかこの本を手にしてふっと引き込まれていった。そしてひたすら熟読、発奮したというのだ。そこには頁を繰らせる熱い声があった。それはいかなる本ではあるのだろう。

『日本風景論』は、近代地理学を資料や学術的知見を基礎に日本の風土を概括的に捉えた著。古典文学や和歌や俳諧や絵画を豊富に鏤めること、われらが国の美しい風景がいかに欧米に比べて優れているかを、流麗な漢詩文調の文体で綴ったものだ。ところでこの本の刊行が折しも日清戦争の勝利と三国干渉の時代に重なったしだい。ときまさにひろく民心に国威発揚の気風がつよまっていた。そのような背景もありこの本は広範な層に読まれて日本人の景観意識の確立に大きく影響をおよぼした。なかで俎上にすべき一章がある。

「火山」の章の付録として載る小文「登山の気風を興作すべし」だ。これが素晴らしい刮目すべき揚言だった。重昂は、つぎのように熱烈に力説するのである。

「楼に登りて下瞰す、なほかつ街上来往の人を藐視するの概あり、東京愛宕山に登りて四望す、なほかつ広遠の気象胸中より勃発するを覚ゆ、何ぞいはんや嵯峨天挿むの高山に登るをや。山に彩色の絢煥あり、雲の美、雲の奇、雲の大あり。水の美、水の奇あり、花木の豪健磊落なるあり。万象の変幻や、此の如く山を得て大造し、山を待ちて映発するのみならず、その最絶頂に登りて下瞰せば、雲煙脚底に起り、その下より平面世界の形勢は君に向ひて長揖し来り、悉くこれを掌上に弄し得、君是に到りて人間の物にあらず、宛然天井にあるが如く、若くは地球以外の惑星よりこの惑星を眺望するに似、真個に胸宇を宏恢し意気を高邁ならしめん、……」（以下引用は岩波文庫版）

云々、なんぞと高らかにアジり、そのしまいに以下のように擱筆するのである。

「これを要するに、山は自然界の最も興味ある者、最も豪健なる者、最も高潔なる者、最も神聖なる者、登山の気風興作せざるべからず、大に興作せざるべからず」
たしかにウエストン卿の足跡は大きくはあった。だがそれにもまして、本著は日本近代登山啓蒙の先駆け、となったのである。じっさいこの熱気に煽られた若者は多くあるのだ。そのなかの一人に登場ねがおう。

小島烏水（一八七三〜一九四八）、香川県生まれ。ウエストンのすすめで、武田久吉らとともに山岳会（後の日本山岳会）を創立、多くの論文、紀行を残す。烏水は、こうも書くのだ。

「この本は明治二十七年十月に初版発行、同三十六年六月に第十五版を発行したが、貧乏なる私が、漸く手に入れたのが第六版になつてからであつた。私はこの本を山水の経典のやうに信頼して、反復熟読した。一体、私は健康上の関係から、徒歩旅行が好きになり、箱根や浅間にも登つてゐたが、この本を読み出して、一層山に深入りする気になつた。

そこで富士山に次ぐ高山が、槍ヶ岳であること、槍ヶ岳の峻抜にして、渓水の晶明なること、原始の風光の保存されてゐることなど教えられ、槍ヶ岳に第一登山を企てることを、命掛けの仕事と考へるに至つた」（覆刻『日本風景論』・分冊「『日本風景論』解題」山崎安治　飯塚書房　昭五四）

「山水の経典のやうに」。このことではまた忠吉少年もおなしだった。どれだけこの著で山岳への憧憬を深めたことだろう。だいたいこんな病気の少年だったのである。

「『山恋ひ』私には一つの病気である。此の病気は子供の時からあつた。加持祈禱・草根木皮も終に『山恋ひ』を治するに力はない。十五歳の春の一日、上野公園で日が暮れんとした。深山を味ひたいと云ふ『山恋ひ』は突然発作して、私は五重の塔の付近の松の根に腰を掛け、日が落ち切つて四辺が全く暗くなる時を待つた事があつた」

どうだろう、ここなどはさきの「登山の気風を……」の「楼に登りて下瞰す……」以下そっくりそのまま、ではないか。

そしてその影響はというと、たんに山岳にかぎらない。こののちも重昂の憂国国士的著述に親炙しつづける。それがいつか背骨になるほど、じつに生涯にわたるのだ。

科学志向

忠吉がいま一つ心を開いたのは科学である。旺盛な自然科学全般への関心だ。

「少年の心は、先づ染色学に動いた。それは色彩を採つて現し世の人の上に施し眺め得る魅惑からだ。電気学に心は走せた。新興科学の秘匣は、ボタンの一と押で解釈されさうだと思つたからだ。メスを執る人ともならんとした。生命の不思議はメスの先で発かれると思つたからだ」（『普羅句集』「序」）

以下、あきらかに『日本風景論』を熟読した影響なのだろう、地質学、地形学、生物学などに興味を持ったという。そうしておそらくそこにはまた寺田寅彦（一八七八〜一九三五）の存在があったとおぼしい。寅彦は、周知のように自然科学者にして文学にも造詣が深く、俳誌「ホトトギス」を主要発表舞台とすること、科学と文学を調和させた随筆を多く発表している。寅彦は、随筆を通じて学際領域の融合を試みた。身の周りの出来事から自然の謎解きの鍵を教えてくれる。そこらから推測するところ、まずは寅彦随筆をはじめ少年誌「小国民」（後、「少国民」　明二二創刊）の科学啓蒙記事などを、あれこれと乱読したであろう。それほど孤独癖をかこつ本狂いにして夢想児であった。

ついては「染色学に」云々とあるが、中学卒業後、どれほどか京都の染物屋に奉公して半年で逃げ帰った経緯があったと。これからのちこの科学する少年の眼がその句作の精度を高める功績となったことだろう。いうならば曲がり道の徳というのか。

明治三十三年、母死去。それからしだいに科学する少年はというと文学への志向をつよめたのだろう。三十五年、早稲田大学英文科に入学。島崎藤村、土井晩翠、蒲原有明など近代象徴詩に親しむほか、井原西鶴、近松門左衛門、式亭三馬、為永春水らの江戸文芸を耽読。この頃、草創期の新劇に熱中し劇作家を夢見る。ときに早大では坪内逍遥が教職にあり劇作を学ぶには好都合だった。くわえてまた開成中学校の後輩、俳優で新国劇創始者、沢正こと沢田正二郎（一八九二〜一九二九）一座と交渉があったという（『日本近代文学大事典　机上版』講談社　昭五九）。

だけどなんとも、この希望は父親と親族の反対で頓挫する、というのである。だがなんでどうしてわが道を強く貫くことができなかったものか。ここはやはりなんとしても我を押し通すべきだったのではないか。しかしながら考えてみるに、どうやらはじめからそんな一途に劇作を目指したものなのかどうか、なんとなし疑わしくもある。だがこのことがこののち大きく影を落とすにいたるのである。

夢は諦めた、望みは潰えた。屈託を抱える青年は、三味線を弾き、歌沢節を唸り、通人を気取る。いっぱしのディレッタントとなっている。いったいこの劇的というか修辞過多もすぎる回想はどうだろう。

「又ある時は、文芸の晶華を採らんとして劇に立たんともし、又遠き祖から習練を加へられた血の要求に甘んじ、三味線の誘惑に応じようともした。月光の下には月光に身をなさんとし、花の陰には花に遷らんと思ふ。此の浮気者は、飽が之れを笑殺するため、吸ひ着いて居る岩を離れる事の危険をも忘れしむるに充分であつた」（『普羅句集』「序」）

三十七年、二十歳、そんなふうだから何事も半端なまま大学を中退してしまうしだい。横浜スタンダード石油会社のボーイとして勤務するという。しかしそこもほどなく退社し横浜地方裁判所の書記になっているのである。

だがその職場で出会いがある。俳句をやっている同僚がいたのである。弁護士志願の、杉本禾人（かじん）（一八九四〜一九四八）だ。そしてこれからこの友のお陰で迷い悩み多くも句に打ち込むことになるのである。というところで忘れずに付けくわえておこう。

普羅は、じつはまったく俳句に白紙ではなかったのだ。それはそのさき少時から毎日宅配される新聞「日本」の正岡子規選の俳句欄「日本俳句」（明二六〜三五）を愛読していたことである。このことがどこかで誘いに応えることになったのであろう。ことはひとり普羅だけではない。子規選の俳句欄、これがそれはもうひろく次代の俳人群の台頭にあずかっているのである。

俳句開眼

明治四十一年頃、横浜では子規選の常連らが集う「日本派」の句会があり末席に連なる。普羅は、なかでもうちの主要なメンバー松浦為王（いおう）（一八八二〜一九四二）の句席にしばしば参加することになる。また自宅でも「普羅庵偶会」なる句会をもつ。こうしてようやく俳句へ遠い途の一歩を踏み出しはじめている。さきの引用につづく一節をみよ。

「さまよへるこの広き道辺には、常に寂寞たる俳句への径が口を開いて居た。熱情と之れを押へんとする弱き心とは、終に私をして此の寒苦の雪つもる径を選ばしめた。淋しい径である。人も淋しい径と云ふ。然し、求むるものは随所に与へらるゝの豊さと愛とがある」（同前）

「寂寞たる」「寒苦の」とは、いかにも大振りのもってまわった、このものいいは普羅らしいか。そうして「豊さと愛とが」ともまた。しかしながらくだいて読めばそんな難しいことではないだろう。ようやく「広き道辺」を彷徨するディレッタントを脱すること、いうならば消去法のそのはて、クリエイトの「淋しい径」に専心するにいたったということだ。

ずっとながく横道や間道を彷徨いつづけてきた、迷える魂がついに行き着いた、そのいきつくさきが最小の詩型の俳句であろうとは！

四十三年、二十六歳。親戚、前田本家の前田ときと結婚。ついてはまたこの結婚の経緯もよくわからない。だけどどうやら前述したように本家のほうは関村ではかなりの家柄だったらしい。とはいえそこらの子細はとなると、転職の事情も含め、まったく不明なままなのである。

ところでここで俳号についておよぶ。いつからどんな理由で普羅なるなんとなし想わせたっぷりな俳号を名乗るようになったものか。普羅とは、花好きだったことからフラワーをもじった、命名であるそうだからモダンだったのだろう。ほんとやっぱりディレッタントでブッキッシュであったのだ。

四十五・大正一（一九一二）年、二十八歳。満を持して、初めて「ホトトギス」（大一・一〇）に投句する。つぎの四句が掲載される。

和蘭の艦が去んでもコレラかな
カピタンに思はれて死ぬコレラかな
慌しく大漁過ぎし秋日かな

向日葵の月に遊ぶや漁師達

まずは前二句をみよ。いやなんとハマっ子っぽく、バタ臭いぐあいでないか。国際港は横浜ならではのコレラ侵入騒ぎを演劇的に処理する。いかにも普羅らしい手腕でないか。わたしはここに実見のではなく勉強のそれをみる。「和蘭」「カピタン」、などという語彙に北原白秋や木下杢太郎らの南蛮文学の異国情調の影響が顕著なることを。ついでに普羅を俳句に導いた生涯の俳友、杉本禾人のこの頃の句もみたい（高浜虚子『進むべき俳句の道』所収　実業之日本社　大七）。

鱶の海青きバナ、を渡しけり　禾人
絵日傘に百花明るき面輪哉　〃

普羅の暗さに較べて、禾人の作は明るい。そのちがいは両者の性向によるだろう。そしてそれはまた国際港横浜に特有の異国情調的の表裏をなすものであるか。
つぎに普羅の後二句をみる。前景と一転、これは父の生家、祖先の海村、九十九里浜は関村の漁村素描である。なんとものどかで、それとなしどこだか青木繁の大作「海の幸」（明三八）の漁師群をしのばせるような、おもむきでないか。

普羅には、港湾が病むいっぽう、コレラがその象徴なのだろうが、海村は健やかである。まずこの感受のしかたに留意されたし。大魚に湧くこと、いや古代神話的にも、漁師は浮かれる。普羅は、「向日葵」の句を引いて書いている。これが素晴らしい。

「漁師達は褌と鉢巻は堅いが、決して帯をしめない。伊達模様の様な浴衣を月夜風に吹かせてはをつて居る。ひくい松の間に点在する呑屋を訪ねて、二里三里と月が西方の森の上に来るまでそゝりあるく。墓地の墓石は力競べの為めかつぎ出される。目星をつけた西瓜畑の西瓜を盗み、又真瓜をさらつて行く。呑代に浴衣を置いて裸で月下を走るのもある。友の裸の耻をかくす為めに、一枚の浴衣を二人でかぶつて走るのもある。二里行つたものは二里帰へり、三里行つたものは三里帰へり、太平洋の沖が白んで来る時分には、いつか砂が冷えためい〳〵の小屋に帰へつて来る。月見草の花は丸い顔を向けて、昨夜出て行つた主人公を迎へる」

II 横浜(二) 彷徨期

江戸趣味

普羅は、なんともどうにも街が嫌いらしいのである。そこでまずみておきたい。横浜は、そもそも日米修好通商条約（安政五年〔一八五八〕）により、開港場を定める必要から、うらさびれた一小漁村でしかなかった横浜村（現、中区関内地区）に建設される港湾施設に始まる。普羅が毛嫌いしたのは、黒船襲来（嘉永六年〔一八五三〕）にあわてて港湾にすべく開発急造されたその、新興の街区（ハマ）なのである。

まったく横浜のどこを探そうにも情調などない。このことに関わってお隣の川崎生まれの詩人佐藤惣之助（一八九〇〜一九四二）の「横浜今昔記」と題する文をみられよ。惣之助は、冒頭「私が横浜を知つたのは、明治三十年頃からであつた」として書いている。

「商館番頭たちは洒落れてハマとよんでゐた。そして東京をトーケーといつた。老人達の唇にはまだ鮮かに（文明開化）といふ言葉が躍つてゐて、開化服、開化踊、開化丼なぞといふふしぎな産物が市井に存在してゐた。

それから（二十世紀）といふ流行語が、人々のおしやべりの中へ飛びこんで来た。『二十世紀の世の中だ。』『二十世紀の人間ぢやないか。』といふ。八つか七つの私は、二十世紀とは電気や瓦斯のことかと思つた。二十世紀と云はれるとパツと明るい街がすぐ想像された」（『笑ひ鳥』龍星閣　昭一二）

普羅には、ここにあるような「開化」や「二十世紀」の浮薄さがたまらない。さきにみたように幼い日は江戸の残り香のする東京の水で育っているのである。であれば「トーケー」だなんて、ハマはお歯に合わねぇ、というところだろう。つづきつぎの句が「ホトトギス」（大一・一一）に載ることになる。

面体をつゝめど二月役者かな

これをどのように読んだらいいものだろう。いかにもなんとも江戸趣味にやつした若衆普羅らしくあることとか。じっさいこの句の自解は正しいのである。「町を宗十郎頭巾をかぶつた男が通る。幾ら頭巾で面体(めんてい)を隠しても、隠せないのは体から滲み出る艶つぽさだ。役者が通る、役者が通る。見つけた人から人に町の人はさゝやく。暖かさ艶やかさを押しかくした二月と、人に見られるのを嫌つて面体をつゝんだ役者の中に、一脈の通ずるものを見た」として綴るのだ。

「当時自分は努めて『現在を見まい』とした。さうして遠き過去をながめ、遠き将来を想ひ続け、又山川の姿にあこがれて居た。まともに見るには余りに苦しい心身だつた」

つづきいま一つ次号に載る「現在を見まい」「苦しい心身」の句をみておこう。

新涼や豆腐驚く唐辛

あえてここに句解におよばない。まあこれなどは「三味線の誘惑に応じようともした」という普羅好みの江戸仕立ての滑稽俳諧もどきだろう。じっさいに江戸前期の俳書『庵桜（いおざくら）』にこんな一句がみえる。「唐がらし奴（やっこ）豆腐や崩るらむ　青人」（暉峻康隆『暉峻康隆の季語辞典』東京堂出版　平一四）つづいてつぎの通人ぶりの一句をみられたし。

好者の羽織飛ばせし涼みかな

このように普羅はというと、ぬぐいがたく江戸を諸肌に刺青していたと、それこそ「好者（すきもの）」そのままに。いますこしこの手のものをみよう。

舟遊や平人（ひらびと）の妻（め）に狎れ給ふ
水打たせて尚たれ籠る女房哉

「平人」は、普通の人、ここでは素人衆ぐらいか。「たれ籠る」は、蚊帳のうちに寝乱れたまま、というほどの艶っぽさなるか。これなどもまた江戸前の情痴句めいてみえよう。でそれから号を追いつぎのような句が載るのである。まあそれが不穏なのである。暗すぎる、なんともちょっと胸が掻かれるようにも、狂おしい。

煩悶懊悩

人殺ろす我かも知らず飛ぶ蛍
盗人とならで過ぎけり虫の門
がぶ〳〵と白湯呑みなれて冬籠

一句目。普羅は、「にがい記憶である。／『飛ぶ蛍』を除いたら、其の時の心そのまゝの形である」として書いている。

「私はすべてを憎んだ。鉛筆削り、はさみ、麻糸なんぞを私の机辺に置かぬ様にと家人に命じた。鉛筆削りやはさみでは人が殺せるからだ。麻糸一尺もあれば人を縊め殺し得るからだ。

一人の友もなかつた私は、此の怒りは自分一人で抱いて居る可きものと考へた。蛍が飛ぶ。私の心のあぶなさは、フワリ〳〵と風に流れる其の姿に似て居る」

二句目。当時評判になった輸入劇「鈴」（シャトリアン作、小山内薫訳。強欲な伯父と貧窮の甥の間で起こる殺人事件を描く）に材を取った句だ。前章で引いた講演「俳句自叙伝」で述べる。

「これは自然主義文学の影響を受けたものであります。然し私の考へとしては、形式は従来のままとして置いて、内容に於てロシヤ文学でも其の他の国の文学でも思想でも取入れてやらう。またそれが出来るのだ。それが正しいのだと云ふ考へを持つて居たのでした」

どうだろう。ここにあきらかに普羅の確固とした立場の表明がみてとれないか。時代の思潮は「自然主義文学の影響」が濃厚だ。「然し私の考へとしては、（碧梧桐派の新傾向的――定型・季語否定に対して）形式は従来のまま（虚子主導の有季・定型墨守）として置いて、内容に於て」よく健闘せん。そしてそれは可能なのであると。いやこの自信はどうだ。

三句目。普羅は、「物質の豪奢を願ふ彼、精神の豪奢を願ふ彼。／然し明治初年頃の法令がいつまでも生きて居て、『宿直料七銭』を支給される小役人生活は、物質・精神共に豪奢の夢をだに許されない」として綴るのだ。

「其れは白湯だつた。彼は静かに静かに嚙む様にして白湯を呑んだ。

一夜、二夜、三夜。

不思議な白湯の味は彼を喜ばせた。『白湯のうま味は人知らず』と云ひながら、正月の御重詰のものもなくなつてから、毎夜がぶ〳〵と白湯を楽しんで読書し、冬の通り過ぐるのを待つた」と。

これと同工の一句にある。

虫なくや我れと湯を呑む影法師

戴くのは茶でない。白湯（さゆ）だから「がぶ」呑みである。でふとみると壁に写った影法師も同じ姿でまねている。そうしてしばらく耳を澄ますと虫の声がしきりという。

ここでもう一つおもむきを大きく異にするこんな句をみよう。

傘さして港内漕ぐや五月雨

この句について「欧州大戦当時、横浜からは幾度も外人が退去を命じられた。退去外人の乗る汽船は岸壁にピツタリと着いて居る。タラツプの監視も厳重だ」として書いている。記者団はうまくだしぬかれた。

「タラツプは静かに下ろされ、一外人と私服の巡査は船内に吸ひ込まれた。

五月雨が降る。左手に傘をさし、右手に櫓を押しながら油の浮いた港内を散歩する様に白ばつくれて漕いで居る小船がある。船の底には日本では出来ない上等な葡萄酒の瓶がころがつて居る。モルヒネ、コカインが隠される事もある」

これはのちの新聞記者普羅のいわば報道写真的句といっておく。しかしなんとも往時の国際港を写し取って印象的な一葉ではないだろうか。

みるように普羅の自解はというと、ちょっと仕立てが目立ちもする、がまことに的確で奥深いものがある。さすがに舞台に憧れ小説も書いただけはある。というところで普羅の短編小説「節分の夜」（「ホトトギス」大一一・一）をみることにする。これがよく出来た作で文芸誌の傑作選に収録なるも決して遜色ない一篇といえよう。じっさいこの頃の普羅の胸中を的確に描ききっている。

主人公田村は、中学校の同級生で監獄帰り。このキャスティングには世の裏を見た裁判所書記時代の塞ぐ思いが生かされていよう。ある日、偶会した田村の口から俳句を作ると聞く。彼は、告げる。「僕はドウしても十七音綴を捨てる事が出来ないので、」云々と。そうしてつぎの句をみせられる。

歓楽の除夜吹き鳴らすホーンかな

なんてまあハマっ子っぽく、バタ臭いのだったら。いわずもがなこの田村は当時の普羅の分身にほかならない。「僕」は、驚く。「彼は獄に下つたと云ふ暗い影から脱け出て、今は全く歓楽のホーンを徹宵吹鳴らす幸福の人なんだ」

すなわち俳句はというとこのとき、わけあって「獄に下つた」者にとって、まことに「歓楽のホーン」であった。

普羅は、みるように横浜の街にあって懊悩を深くするのだ。なにかにつけ怒りの唾が溜まるばかりだ。そのような鬱屈した日々からの脱出の手立てがあるか。いちばんは「山川の姿にあこがれて居た」のだから、都心を背にして山峡へ向かうことだ。しかし勤め人の身である。であればやっぱり休みの日にほど遠くない地に遊ぶぐらいしかない。それはむろん少し長い休暇がとれれば「暗い影から脱け出て」よりもっと遠方の山へ入っていよう。

横浜は、前述したように開港場となるまでは漁村であった。それからいまだ半世紀もたっていない。するとこれが周辺にはほんとうにもう信じられないぐらい自然があったのだ。さきの小説にも「横浜に住み乍ら横浜を糞壺の様に悪く云ふ」そんな自分がいる。なんと「糞壺」とまで！　これはもちろん繁華の市街についてであって、それかあらぬか、こんなふうにも正直に告白しているのである。

「僕は今日はホントに回顧して居る。／横浜市の愛らしき自然と」

絶壁のほろ〳〵落つる汐干かな
葛の葉や翻るとき音もなし

有る程の衣かけたり秋山家

一句目。普羅は、「横浜には永らく住んだ。住んだけれど私の心は決して其処をすみかとして許さなかつた。私は出来るだけ多くの時間を横浜の郊外に出た」として書いている。

「(本牧岬の海棚は)潮が退くと、崖から落ちた巨大な岩共が、此の崖下の州に全姿を現はす。私は其の岩の上に腰を下ろして、遠く南の海と空を見た」「断崖は軟かい風が吹くと、ザラ〴〵、ザラ〴〵と落ちこぼれて、散策に出て来た蟹を驚ろかして居た」

現在、海岸部は埋立地となり、海岸線は人工化されて、まずこのような情景はのぞむべくもない。わずかに自然海浜というには抵抗があるが面影をとどめるのは野島海岸のみである。

二句目。普羅は、いつか「俳句に関係の深い植物だけでも、実際に研究して置いたら」と旧知の植物学者久内清孝に勧められ、横浜植物会例月の野外採集に参加、胴乱を下げて、同会の牧野富太郎博士ほかの指導を受けたと。

「かくて横浜郊外の山谷は久内氏に引きずられてあるき尽くした。葛の大葉は秋の山谷をつゝんで居て、風にひるがへる時、其の特有の白色の裏を見せて呉れた」

この「郊外の山谷」とは、現在の保土ケ谷区・旭区などを流れる帷子川付近を境に、北側に位置する多摩丘陵の南端それから、南側に位置する三浦半島に続く三浦丘陵の北端部にあたる。南側の方が起伏も激しく標高も高い。鎌倉市に山頂部を置く大平山をはじめとする通称「鎌倉アルプス」につづく峠部分をさし、そこらいったい「あるき尽くした」というのである。

三句目。秋、「横浜市郊外は丘陵で囲まれて居る。丘陵を越し、又丘陵と丘陵の間の峡を通じ、細径は縦横に走つて居る」という郊外探索の途上たまたま目にした山家の衣類虫干しの景である。普羅は、「心の嵐から脱出しなければならなかつた。脱れ出て漸く水は深く湛えんとした時、此処に通りかゝつた自分は吸はるゝ如く山家の虫干にながめ入つた」として綴るのだ。「今でも此の句を見ると、あの時の素朴への目覚めの歓喜を感じ得る。花やかな秋日、強烈なる原色の布片、此れは自分が見直した自然の最初のものであつた」

高浜虚子

春風や闘志抱きて丘に立つ　虚子

大正二年、虚子は、碧梧桐の新傾向の隆盛に対抗し俳壇に復帰。ときに決意も新たに前掲の一句を詠んで再出発、守旧派として俳句は定型、有季を墨守し客観写生を旨とすべきと唱えた。以後、虚子の「ホトトギス」は大きく勢力を伸ばし、大正昭和期の俳壇を席巻する。

二年十二月、普羅は、虚子と初会。その感激を「初めて虚子先生に見ゆる日」(「ホトトギス」大六・三)と題する一文を、またそれを前書として、つぎの一句を添えて発表している。

喜びの面洗ふや寒の水

「喜びの面」とまで真っ直ぐ詠むのだ。これをみるにつけ普羅が虚子命なるのがわかろう。その折、師から「何故に山に登るか」と問われて弟子は答える。

「人間の世間でなく、植物又は土塊の勢力界に這入つて行くのが面白いからです、山を下りて停車場や宿屋を求める時程人間の自分の汚さを感じる時は有りません。山に居ると人が恋しくなり、人里に来ると山中が恋しくなります」

というところで横道になるが想起されるのである。百瀬慎太郎(一八九二〜一九四九)、近代登山の先駆者の一人、岳都・信濃大町は岳人のメッカ旅籠対山館の主だ。慎太郎は、牧水門下の歌人でもあり、人口に膾炙した「人を想えば山恋し　山を想えば人恋し」なる台詞を遺している。ひょっとするとそのフレーズは普羅のリメークのたぐいなのか?

それはさてとして。おそらくこの頃は丹沢や箱根や日光を探るぐらいだったか。つづいて「人間が嫌ひなのか」と念押しする師、初見参の弟子は答えている。「嫌ひでは有りません。離れて居たいんです」

どうだろう、「植物又は土塊の勢力界」云々とはいかにも志賀重昂似また科学少年風、ではないか。それにつけ「離れて居たい」には神経症的なる心の鎧がちらつく。

三年、虚子は、「ホトトギス」一月号に「大正二年の俳句界に二の新人を得たり。曰、普羅。曰、石鼎」と、その才能を高く評価する。ということで一方の石鼎をみておこう。

原石鼎（一八八六～一九五一）は、島根県簸川郡塩冶村（現、出雲市）に医師の三男として生まれる。県立簸川中学校（現、大社高等学校）を経て、明治四十一年、京都医学専門学校に入学。二年続けて落第し放校処分となり、各地を放浪。明治四十五・大正元年、奥吉野の鷲家村で次兄の医業を手伝いつつ「ホトトギス」に投句、翌年、虚子から普羅とともに新人として称揚される。ところで石鼎の奥吉野の句作が素晴らしいのだ。引用は、『定本石鼎句集』（求龍堂　昭四三）から。

頂上や殊に野菊の吹かれ居り
山国の闇恐しき追儺かな
花影婆娑と踏むべくありぬ岨の月
高々と蝶こゆる谷の深さかな
山の色釣り上げし鮎が動くかな

普羅は、ライバルとしてその作を貪り読んだことであろう。ほんとに山峡のこの霊気はどうだ。石鼎はいま、奥吉野、山中にある。などとなおのこと横浜嫌悪の情をつよめ、ますます渓谷彷徨の夢をつのらせるのである。

五年、三十二歳。時事新報社横浜支局に入社。それから数ヵ月後辞職、報知新聞社（明治五年創刊の郵便報知新聞が前身。明治末から大正期にかけて「東京五大新聞」の一角を占めた有力紙の一つ）に転職している。ところで前述したように、これがいかなる経緯でもって職歴をかさねたのか、そうしてまたその職務がいかなる種類のものであるか、なんとも不明なのである。

それはさて。虚子は、この年「ホトトギス」八月号発表の「進むべき俳句の道」における普羅の項で、つぎのように普羅じしんの言として紹介している。

「私（普羅）はあなた（虚子）と親しくなるまでは僅かに歌沢を稽古することと、山登りをすることで心に染まぬ職業の鬱憤を晴らし、自分は遊事の外には真実になれない人間だと思ふほどよく遊んだが、あなたと親しくなつて以来、自分には俳句の別天地があることを自ら恃むやうになつて頗る慰むところがあつた」と。でこのように師は弟子に一言するのである。

「君は歌沢を嗜み、山登りを好む。此の全く性質の異つた二つの嗜好は、赤い血を流して格闘して居る現実社会に多くの興味を持つてゐないといふ点に於て共通の性質を有してをる」「……、其の歌沢と山登りと俳句との好きな、遊び事にのみ真実であり得る人として、今後如何なる方面に其道を見出さうとするのであらうか。私は多少懸念でもあるが、又少なからざる興味を持つてこれを眺めやうと思ふ」

いやはや「赤い血を流して格闘して居る現実社会に多くの興味を持つてゐない」「遊び事にのみ真実であり得る人」とまでは。またなんたる痛烈ないいようか。そうしてこののちをおもえばこの言葉が普羅の生涯を約言しているとみられなくもないのだ。

それでもって「多少懸念でもあるが、又少なからざる興味を持つて」とおっしゃる。じつに虚子居士らしい烔眼託宣なろう。虚子は、さらにつづけてつぎの句を引いて追い打ちするようにする。

蝦（ママ）汲むと日々にありきぬ枯野人

「此の句の意味は、沼や川で蝦をとるのがなりはひである所の人が、毎日〳〵、あの沼、此の川と枯野を歩き暮らしてゐるといふのである。君は斯ういふ人の境遇に深い〳〵同情を見出すやうである」「けれども蝦汲む枯野人や木の香に染む樵にのみ同情（註、前段に「年木樵木の香に染みて飯食へり」の引用あり）してゐては此のせち辛い現世に立瀬が無いであらう」

虚子、さすがに大所帯「ホトトギス」経営者だけある。これをみるにつけても、大人然とした「現世」派、であったことがわかる。普羅は、このとき師の託宣をいかに拝聴し頷いたのか。この年十二月号から三年半「ホトトギス」雑詠欄に出句なし。いったいこの長期休暇はどうしてか。普羅は、のちにこの頃の句を引いて胸の奥を明かしている。

勧進の鈴きゝぬ春も遠からじ

「あらゆる希望は横浜と云ふ空気が吸収して仕舞ひ、蒼白な自分のみが其処に見出されたのだ。自分は漠然と読書しはじめた。山野をあるき廻はりはじめた。さうして勧進の鈴を高く高くうち鳴らして、心の確立の径をいそいだ。やがて来る春までには是非一寺を建立せねばならぬと」ここに注目されよ。「是非一寺を……」。いやそう、この一寺建立とは、いったい？　わたしはそこにある決意のほどをみるのである。――それは、山岳俳句、である。

Ⅲ　甲斐

渓谷彷徨

先年、筆者は『人はなぜ山を詠うのか』（アートアンドクラフツ　平一六）を刊行した。この小著では、山へ向かい、山を詠った、詩人、歌人、俳人、九名を選んで、その山行と作品を辿った。高村光太郎、斎藤茂吉、窪田空穂、宮沢賢治、尾崎喜八、中西悟堂、深田久弥、鳥見迅彦(とみはやひこ)。それに俳人では一人、その章題を「垂直の散歩者」として石橋辰之助(一九〇九〜四八)を俎上にした。

ところでなぜそこに普羅を登場させなかったのか? あえていうならば登攀の詩歌を中心にしたからである。ついでながら前述の碧梧桐についても一本を準備中につきパス。

それはさてそもそも、人はなぜ山に登るのか、それにとどまらず、人はなぜ山を詠うのか。それが小著の執筆の動機だった。ついてはその問いをめぐって、つぎのように答えているのだ。これはいささか奇矯にして極私的すぎる見方ではあるだろう。しかしいまもこの考えにいささかの変わりもないのだ。人はなぜ山に登るのか。

「下界にあってそこそこ問題なくやっていけている。そんな者は山に登らない。高所をのぞまんなどとは屈折しきったやから。そんな者が山に登るのだ」として書いている。「わたしは考えるのだ。たとえば物書きが、詩を書く者が登山をすると。そこにはひとしくある兆候といっていいか、精神の傾斜、そのようなものが確認されるのではないか」「山に登ろう者は、いったいに蹉跌があって、山へ逃れる者だ。そうであれば加えてこう言えるのである。より深く蹉跌した者こそが佳く山岳を詠うと」(同書「まえがき」)

前田普羅。山水の飄客。わたしはこの人をそのように呼ぶものである。ほかでもない、彼の山は頂を踏むことにない、彼の山は渓を探ることにある、だからである。

大正六年、三十三歳。夏、普羅は、「蹉跌があって」初めて信屈した思いを抱いて「山へ逃れる」よう甲斐を目指した。そうしてこのとき『鑑賞……』によれば甲斐駒ヶ岳（二九六六m）に登頂したという。しかしなぜ甲斐の渓谷であるのか？　いまここで二つあげよう。

一つ、俳句をめぐり。飯田蛇笏（一八八五～一九六二）、普羅の一歳下、別号山廬（さんろ）、山梨県東八代郡五成村（後、境川村小黒坂。現、笛吹市）生まれ。明治三十八年、早稲田大学英文科（普羅と同科）に入学。翌年、家庭の事情から大学を中退（普羅と同様）し帰郷、営農しつつ作句に励む。ほどなく村上鬼城などと大正昭和の「ホトトギス」隆盛期の代表作家として活躍している。俳誌「雲母」（大七創刊）を主宰。山本健吉は、普羅をして「彼の句柄の高さから言えば、彼は蛇笏とともに現代俳句を代表すべき一人である」として双璧とみたてた。両人は、そしてこれからのち親交を得、生涯の友となってゆくという。

一つ、渓谷をめぐり。前述の志賀重昂『日本風景論』の影響下、探検時代の小島烏水を始めとする登山家たちとの出会いがあった。木暮理太郎（一八七三～一九四四）、群馬県生まれ。東京市史編纂にあたりつつ、日本アルプスや奥秩父を探り、紀行、研究を発表する。冠（かんむり）松次郎（一八八三～一九七四）、東京生まれ。黒部渓谷を中心に多くの沢を遡行、沢登りという日本独自のジャンルを開拓、「黒部の父」の尊称を戴く。田部重治（一八八四～一九七二）、後述。などなどの熱い著述に刺激を受けたことだ。
それにいま一つおよぼう。現実的に多忙な新聞記者で妻帯者（妻、養女と長女の二子）であれば、当時の交通事情を考慮すると、横浜からほど遠くも近くもない距離、甲斐は比較的身近な亜高山帯なることだろう。『渓谷を出づる人の言葉』の第一頁の終行に告白する。

「渓谷は苦しみである。渓谷を出づる人の言葉は、此の苦しい渓谷にある心身が発するものである」

甲斐の懐（ふところ）を目指す。煩悶と懊悩がして、渓谷を彷徨（さまよ）わせる。じょじょにその成果があらわれる。まずはその最初の結実をみてみよう。

九年、三十六歳。「ホトトギス」六月号につぎの句が載るのだ。

春更けて諸鳥啼くや雲の上
春尽きて山みな甲斐に走りけり
雪解川名山けづる響かな
我が思ふ孤峯顔出せ青を踏む

一句目、晩春から初夏へと、きょうもまた渓谷の奥深く探索しようという。餞（はなむけ）のごとく、いろいろとさまざまな鳥たちがもう悦ばしくも「雲の上」のどこからか降るように囀ってやまないという、尊さなるなりよ。

二句目、おなし初夏へと向かおう季節。隣国は信濃との境あたり。ずっとぐるりに連なる稜線を眺めやっていると、山が甲斐へ走る、そのようにも感じ疾走の勢いおぼえるというしだい。

三句目、渓谷の奥深く、分け入って行くほど、雪解の渓の水音が、響き激し止まない。「名山けずる」、それほどまでの水量の迸り（ほとばし）が震撼ともつたわってくる。

四句目、後述。「青を踏む」は春の野山の青草を踏むこと。ときに踏むべき「孤峯」はいずこの峰なるか。

季語で春の山は「山笑う」。どんなものだろう、甲斐の笑う山を詠んで見事な、できではないか。しかしなんで、そんなにも渓谷を彷徨わなければ、ならないのか？　悩める心は、自らに問う。「人を遁れて来たのではない、自分の心を結び付くる『永久』をさがしに来たのであつた。それは丁度人を遁れて来た様に見えたであらう。自分は人を遁れる所ではなく、人の中にモツと、安住の地を探す手段として苦しい自分の心を永久に結び付け、それを心の宮殿とし、身は流転の大浪に浮かんで行かうと思つたのであつた」（「渓谷を出づる人」「ホトトギス」大一〇・九〜一〇）

「『永久』をさがしに」、渓谷へとはまた？　この頃の句にある。

寒雀身を細うして闘へり

そんなふうにも対人とそしてまた対社会と葛藤しつづける、なんとも厄介このうえない症例的な精神というのである。彷徨わなければならない、彷徨いつづけなければ。

「全く自分は何物もつかんで居ない。渓谷の底の日々は只寂寞、横浜の街で繰り返した苦悶を深刻に繰り返すに過ぎなかつた。手段尽きて帰らうと思つた時、フト自分に思ひ浮かんだ事は『何処も同じ』『流転こそ永久なれ』と云ふ事であつた」(同前)

「地貌」観

甲斐の国は、山峡の国を意味し、渓多き地だ。八ヶ岳に発して甲府市の西を流れる釜無川。その西には流れに沿って北から甲斐駒ヶ岳、北岳(三一九三m)、間ノ岳(三一八九m)、農鳥岳(三〇二六m)など南アルプスの高峰が連なる。さらに甲府市の南を流れる笛吹川。この流域の南に飯田蛇笏の住む境川村がある。釜無川と、笛吹川と。二つの川は合流して富士川となり太平洋へ注ぐ。

「此の山を越して何処へ抜けるかは自分さへ分らないのだ。山を越すのが目的ではない、誰も居ない所で自分の本体をつかまへたいのだ」(同前)。そのように幾度も幾度も甲斐の渓谷を彷徨しつづける。するうちに心に入ってくるのだ。

甲斐は、峡中、峡北、峡東、峡南、峡西の五地区に分かれる。山峡で分かたれるにつれ、地域ごとに生活、伝聞、風習もまた、微妙に異なるものがある。

土地それぞれに、容貌をたがえる。甲斐、この地がそれを教えた。いずこの土地も子細にみれば、行くところ行くところ、それぞれ独特な表情がある。普羅は、このことに関わって「地貌（ちぼう）」なる用語を使うにいたる。

「自然を愛すると謂ふ以前にまづ地貌を愛すると謂はねばならなかつた」としてつづける。「一つ一つの地塊が異る如く、地貌の性格も又異ならざるを得なかつた。空の色も野山の花も色をたがへざるを得ない。謂はんやそれらの間に抱かれたる人生には、地貌の母の性格による、独自のものを有せざるを得ないのである」（増訂版『春寒浅間山』「序」靖文社　昭二二）

「地貌」の発揚と研鑽。これよりその実践が普羅の作句と思想の背骨となってゆく。普羅は、のちにその成果なる国別句集三部作『春寒浅間山』、『飛驒紬』、『能登蒼し』を上梓している。これらの句集についてはそれぞれ後述にゆずる。ところで「地貌」について、これは数次の甲斐探索を踏まえたうえで、それに地理学上の概念から得たものだろう。むろんそこには前記の『日本風景論』の影響はあきらかだ。

志賀は、日本の風景の美点を「瀟洒、美、跌宕（てっとう）（註、のびのびとして雄大であること）」に分割し、さらに「気候、海流の多変多様なる事」「水蒸気の多量なる事」「火山岩の多々なる事」「流水の浸蝕激烈なる事」の四つの構成要素が日本の風土の印象を決定しているとした。そこにそれぞれの土地の特性が集積されるのであると。普羅は、詳説はおき推測するに、それをふまえて展開援用すること、そこから地貌構想はなったのだろう。

ここでそれをいま「地貌」観とでも拡げていうと、ことはたんに土地にとどまらず、そこに生きる人々の営みの、それこそずっと継承してきたった、それぞれの特殊性までも含んでいるのである。

飯田蛇笏

土地が変われば、そこに生きよう、人間も変わる。そのことをもっとも生得具現した例として、これが身近にいる、じつに飯田蛇笏その人にみたのだろう。そうしてその句は甲斐の地の産物でこそあった。

蛇笏は、早大在学時より若山牧水（一八八五〜一九二八）と親交あり。明治四十三年九月、牧水が、山廬に草鞋を脱ぎ、つぎのように詠んでいるのだ。

名も知らぬ山のふもと辺過ぎむとし秋草のはなを摘みめぐるかな　第四歌集『路上』

みるとおり蛇笏の生家は幽邃の山麓にあった。蛇笏は、終生この地で農業や養蚕に従事しつつ句作に精進する。この頃、荻原井泉水が「層雲」を創刊（明四四）し、甲斐でも新傾向が興隆した。

蛇笏は、伝統派の立場からこれを批判し、「俳諧我観」（「山梨毎日新聞」）を連載、自然風土に根ざした俳句を提唱した（ここらからも普羅との親和をみられよう）。そして虚子復帰後の「ホトトギス」への投句再開、大正四年に巻頭三回、翌年四回を獲得し、名実ともに同誌の顔となる。その代表作にある。

芋の露連山影を正しうす　蛇笏

里芋の葉に凝った水晶のような露の一粒、いましもその球面いっぱいに、稜線を連ねた山々が涼しげに、くきやかに写しだされている。小から大へ、近景から遠景へ、広がる風姿は鮮やかだ。「正しうす」という、この語感には、山脈をただの風景ではなく、この地をもろともに生かしめる聖なる峰としてひたに仰ぐ、崇拝にちかい感情がある。これぞまさに地貌の句でこそあろう。

というところで、ここで蛇笏と普羅とに共通する態度がある、それにふれよう。

蛇笏は、幼時より山々に抱かれて過ごし、自然と調和を暮らしの基とする。豪雪下でも春に芽吹く草花の姿に感動し、子供の頃から野原に出て研究、植物博士の異名を取った。

普羅も、さきにみたように少時より広く自然科学への強い関心をしめしている。植物博士ならずも、横浜では毎月の植物野外採集の会に参加、胴乱を下げて、牧野富太郎博士ほかの指導を受けた、専門家はだしである。

むろんこのことは両者の俳句の厳格な信条にもつながっている。その点を子細はおいて一口で表そう。それはあえていうならば、写生の徹底による主観の表出、ということにでもなるか。

蛇笏は、ところでこの頃の俳友について「前田普羅」と題する小文で書いている。「今（大正十一年）ホトトギスの選者があるなかで普羅君は、卒直に言うと人気のない人である。外の人だちのようにぱっぱっと派手にやるところがないから人気のないのがほんとである」として派手に宣伝上手な雑誌経営者に相対していう。「普羅文学に関するかぎり一切の方面にこんなむきの態度は明瞭であるのであって思想がこのあらわれをもって居ることは俳句によく見えるところである」（「俳諧雑誌」大一一・一『飯田蛇笏集成』第四巻　角川書店　平六）

蛇笏は、じつによく普羅をみている。さきにみた山本健吉は普羅を大正初期の代表的俳人のなかで「一般的にはもっとも知られていない」といっていた。それとおなし「人気のない」ということは、じつはほんとうに心ある詩魂には誇りでこそあるのである。

とはさてさらに渓谷への探索をめぐって、ここにいま一人の人物をあげておこう。それはさきに名前のでた牧水である。

若山牧水

牧水と、普羅と。いまこの両者をここに併記するのに戸惑いがある。あまりにも違うのである。普羅は、たしかに山岳俳句の第一人者ではある。だがいうならば俳句史の一人物でしかない。牧水は、いっぽう教科書的な国民歌人というのである。そこからその句と歌のありようはもとより、出生、性向、生涯、なにからなにまで大きく距たっているのだ。

普羅は、都会っ子で、どこか気も難しげで、孤高だ。狷介とさえ評される。その句は、偏愛者限定的で、少数の選ばれし読者に止まる。寡作で、七十歳で亡くなるが、単行句集は五冊、収録総句数は一千百四と少ない。

牧水は、田舎っぺ（宮崎県東臼杵郡東郷村大字坪谷（つぼや）〔現、日向市〕出身）で、ひろく分け隔てなく、社交をした。大向こうを唸らせた。その歌は、多岐多面膨大で、人口に膾炙した名歌も数多い。多作で、四十四歳で亡くなるが、単行歌集は十五冊、収録総歌数は九千を超える。

句と歌は違う。だがこれほどまでに相反する両者もまたとあるまい。しかしながらただもう一点のみ共通することがある。それはいうならば渓谷愛とでもいうものだ。牧水の渓谷、それはいかがなものか。

旅の歌人、牧水は、じっさい多く旅の空にあった。なかでも多くしたのが渓谷の奥深くをめぐる旅であった。そしてまたその渓の歌が悪くないのである。いやすこぶる佳いのである。牧水は、なにしろ膨大な数の歌文を残している。でここではその一つのみにしぼる。ずばり表題も「渓をおもふ」なる一文をみる。

疲れはてしこころのそこに時ありてさやかにうかぶ渓のおもかげ
いづくとはさやかにわかねわがこころさびしきときし渓川の見ゆ
独りゐてみまほしきものは山かげの巌が根ゆける細渓の水
巌が根につくばひをりて聴かまほしおのづからなるその渓の音

「二三年前の、矢張り夏の真中であつたかとおもふ。私は斯ういふ歌を詠んでゐたのを思ひ出す。その頃より一層こゝろの疲れを覚えてゐる昨今、渓はいよ／＼なつかしいものとなつて居る。ぼんやりと机に凭つてをる時、傍見をするのもいやで汗を拭き／＼街中を歩いて居る時、まぼろしのやうに私は山深い奥に流れてをるちひさい渓のすがたを瞳の底に、心の底に描き出して何とも云へぬ苦痛を覚ゆるのが一つの癖となつて居る。

蒼空を限るやうな山と山との大きな傾斜が――それをおもひ起すことすら既に私には一つの寂寥である――相迫つて、其処に深い木立を為す、木立の蔭にわづかに巌があらはれて、苔のあるやうな、無いやうなそのかげをかすかに音を立てながら流れてをる水、ちひさな流、それをおもひ出すごとに私は自分の心も共に痛々しく鳴り出づるを感ぜざるを得ないのである」（「静かなる旅をゆきつ

つ」『若山牧水全集　第六巻』雄鶏社　昭三三）

いやどうだろう渓恋いの熱烈さといったら。じっさい前述の蛇笏を訪ねた折の歌は「九月初めより十一月半ばまで信濃国浅間山の麓に遊べり、歌三十首」と前書するうちの一つである。もちろんこの旅でも渓の深く探っているのだ。べつの一首にある。

渓あひの路はほそぼそ白樺の白き木立にきはまりにけり

牧水は、さきの訪問時にすでに三冊の歌集を持つ売れっ子歌人であった。いわずもがな蛇笏との関係のうえに早大の先輩でもある牧水を存知ないはずがない。それどころかその渓恋い歌を愛唱していたことだろう。そうしてひろく知られる「みなかみ紀行」（大正十一年秋、信濃・上野・下野の三国を巡り、利根川の支流、吾妻川から片品川を遡り、源を探る二十四日間の紀行）をむさぼり読んだにちがいない。それこそまさに普羅の憧憬だったのだから。

「私は河の水上（みなかみ）といふものに不思議な愛着を感ずる癖を持つてゐる。一つの流に沿うて次第にそのつめまで登る。そして峠を越せば其処にまた一つの新しい水源があつて小さな瀬を作りながら流れ出してゐる、といふ風な処に出合ふと、胸の苦しくなる様な歓びを覚えるのが常であつた」（『みなかみ紀行』書房マウンテン　大正一三）

しかしなぜ山頂を踏むのではなく、あえてまた渓谷を探るのであろう。山の記録争いのたぐいは登山家に任せておいておけ。おそらく両者ともにそのように達観していた。そしてそこにこそ詩歌の徒の面目があるのではないか。いうならば歌俳のはしくれとして、西行に芭蕉に連なる風雅の漂泊の者、たらんという初心がするところだろう。おもうにじっさい近代の歌人と俳人にかぎれば両者ほどにその名称に相応しい人物はいないだろう。

頂上征服者、ピーク・ハンターでない。渓谷彷徨者、ヴァレー・ワンダーラーである。ちなみに両者の踏んだ最高峰はというと、牧水は、焼岳（二四五五m）で、普羅は、甲斐駒ヶ岳だ。

さらにいま一つあげよう。それはともに貧乏であったことだ。なにぶんこの当時は高峰を踏むには案内人を雇うなど相当の費用がかかるのだ。だがしかしもしも懐中豊かだったらどうだったろう。ひょっとすると前述の冠松次郎のさきをゆく渓谷から山頂を目指す沢登りの先駆者になっているかも。などというような詮ない話はよしとしよう。松次郎、おなし渓恋い病者なれば、ずばり「峰・渓々」と題する一文にある。ここに記す「愛渓心」なる松次郎語は熱すぎる。

「……たとえ山巓を極むることが登山の終極であるとしても、谷の持つ自然、その幽深と神秘とは彼等（登山者）の好奇心、愛渓心を育まずにはおかないからである。

私等の登山は、谷からすることによつて、その山岳を繞（めぐ）る種々相を、最も子細に観察することが出来る」（『峰・渓々』書物展望社　昭一三）

「山盧に遊ぶの記」

大正九年九月、蛇笏らの世話で、虚子をはじめ「ホトトギス」の十数人のメンバーで笛吹川での月見の吟行会を催す。普羅は、その際に蛇笏邸に泊まる。その紀行の「山盧に遊ぶの記」の冒頭にある。

「自分は今山上より落ち来るピアノの声を聞いて居る。ピアノは只断片的の音と旋律とを飛ばして来るに過ぎないが、自分の胸にはまざ〳〵と山嶽の姿が画かれた。此年になつて三度入つた甲斐の山嶽である。蛇笏君の山盧の窓に迫り月の薄明に輝されて居た神秘な山の姿である。それを聞きそれを心に画いて居ると心は涙ぐんで来る。自分はピアノの響いて居る間を此の心の影の記述に費さうと思つた」(「ホトトギス」大九・一二)。

そのように言挙げして開幕するしだい。どうだろう、劇作家志望であったといえ、「山上より落ち来るピアノの声」、とはまたなんと劇的大見得、であることか。しかしこの渓恋いにはけっして大袈裟などではなく真情なのだろう。それにしても「此年になつて三度」という頻繁さはどうだろう。うちの一度にふれて書いている。

「……、此年五月に駆け込んだ北巨摩郡大武(をぶ)川の渓谷を抱いて居る鳳凰山麓は低く雲が垂れて秘密を漏らすまいとして居る。

併し自分は自分が大武の渓谷に何をしに這入つて行つたか宜く知つて居る。自分と鳳凰山霊とかの白樺の樹だけが宜く知つて居る」（同前）

たしかに思い屈して鬱積していようが、なんとまた勿体ぶった言い草であるだろう。それはさてそれほど足を運びながら前掲の四句のあとはこれといった甲斐の句稿らしきは一つ二つもみられないのである。普羅は、待つ人だ。句が温まるまでずっとひたすら、舌に転がしつづけてやまない。

十年六月、普羅は「加比丹」を創刊（七号で廃刊）。ちなみにさきの蛇笏の一文によるとこれ以前にも「青鷺」と「黒船」なる雑誌を出していたとか。これらの誌名も南蛮乃至切支丹趣味が濃厚であろう。でそこにかなりの数の句を載せているのである。だがのちの『新訂普羅句集』（辛夷社　昭九）ではその一句も自選していない。みてきたようにこの人は自分に厳しくあるのだが、このところの句に停滞を感じることしきりだったか。

普羅は、いまだなお懊悩を深め彷徨いつづける。そんないつか天地が鳴動したのである。

関東大震災

大正十一年、三十八歳。九月一日、普羅は、横浜山下町の新聞社ビルで被災した。倒壊した事務所から命からがら自宅へ戻る。ときにふと一冊の本を抱えていた。それが西田幾多郎『善の研究』なると！　幸い妻子ともに無事なるも、自宅は全壊、三千冊の蔵書が灰燼に帰した。普羅は、劫火を見て手にした『善の研究』を瓦礫の山に捨てる。惨状をまのあたりにして覚醒させられたのである。被災を綴った二つの記録がある。

「今は其の地震の恐ろしさよりも、あれ程愛惜した書籍器物を焼き失つた淋しさよりも、生き残り得た喜びの方が自分に満ち満ちて居る。……〔幸にしてあの大地震に遭ひしも、死なゝかつた〕……〔生き得た〕と意識した時から、自分の心には今までに知る事の出来なかつた大きな力を感じた、其れは〔無くとも宜しいものを切り捨てゝ呉れて、生きるに必要なものだけが残つた〕と云ふ心が静かに輝いて居る事である」（「生き得たり」「ホトトギス」大一二・一一）

普羅は、このときなんとこの災禍をして「天譴（てんけん）」などではなく逆説でなく「天佑（てんゆう）」ととらえるのだ。そしてその終り「此の短き文を今後の私の生活の序文とする」と結ぶのである。これはいま一つの記もおなしだ。

「此の大震災は自分に取つては単なる不幸ではなかつた様だ。集めたいと思ふだけ集めた三千余冊の書籍と、家族四人には多過ぎる器物に対する飽満、之等の飽満はいつかは我等を離れなければならぬ、

…………

時が来た。時が来た。我等は放たれたのであると思つた。物欲と闘つた熱苦しい長い時は消えて、高く遠い朗らかな空が現はれた」（「ツルボ咲く頃」「ホトトギス」大一三・二）

いやこの納得はどうだ。禍を転じて福となすではないが、灰に帰して明るさをみるとは。やっぱり普羅よろしい。さらにこの一文にはこんな描写がみえるのだ。「提灯を消して下さい、〇〇人が日本人を殺しに来るから、……」。「〇〇人は地震の最中、石油を壜に入れて方々に投げ込んで放火したので、……」。なんたるこの妄動の民の狂奔ぶりだったら。いまここで「〇〇人」はママにしておく。われらが日本人の恥の大記念なれば。というところで罹災の一句をみてみよう。いかにも普羅らしい、いかにも横浜らしい。

赤々と酒場ぬらるゝ師走かな

「震災直後横浜の冬は淋しかつた。……。それでも税関桟橋付近には外人向けの酒場がポツ〳〵出来そめた。米杉に防腐剤を塗つた植民地の事務所の様な其の建物も、降誕祭が近づくと、何とかして花々しい気分を出さうとする外人にそゝられて、酒場は盛んに塗り立てられた」

そのように年越しをした翌十三年正月、早速、甲斐は蛇笏の山盧へ。おそらく主が傷心の友を招待したろう。その折の句にある。「甲斐芦川峠」と前書して。普羅は、やっぱり山がいちばん休らうのだ。

八ヶ嶽見えて嬉しき焚火哉

Ⅳ　立山

富山赴任

大正十三年、四十歳。五月、普羅は、社命が下ってか、本人が望んでか、はたしてどんな経緯があってだろう、報知新聞富山支局長として赴任する。このとき相談を受けた普羅であるが、なんとも五分間で去就を決断したとか。

「関東震災の翌年五月、私は任務で越中に来ることになつた、赴任下相談は僅かに五分間ですみ、翌日横浜を発ち越中に来た、相談に要した五分間は、あまりにも自分の運命を決するには、短か過ぎたかも知れないが、」（『能登蒼し』「序」）

しかしながらなぜ、またそのような大事を五分間で決意することにした、というのであろう。すっかり無一物の身になったのである。そうであれば容易ではなくもそれほど躊躇することない。たしかに新天地に飛びこんでいきやすい。それはそうなのであろう、そこに横浜の街への深い嫌悪もある、がしかしそれだけでない。おそらくときに、ふと若い日の夢が甦って、きたとおぼしい。さきの赴任の経緯を披瀝する引用は以下の一節につづく。

「五分間に自分の眼底に去来したものは、荒涼たる能登の国であり、雪をかづいた立山であり、また黒部峡谷であつた、次いでまだ鉄道も通つてゐない飛騨の国なのであつた、実は五分間の考慮も長過ぎた、長過ぎた五分間は、自分がそれ等の山海峡谷の姿を、眼底に反芻するのに要した時間なのであつた」

渓恋い病の普羅。いかにもこの決断は山水の飄客のそれだろう。しかしどんなものか。ここにいたるまで幾度も彷徨したのは甲斐の渓谷であったはずでは。ここで繰り返していう「眼底に去来」「眼底に反芻」したとも念を押すその、能登も、立山（三〇一五m）も、黒部も、飛騨も、じっさいに足で踏みこの目で見た景ではない。それは少年時より愛読したあの志賀重昂の一著による。つぎの記述をみよ。

「その昔、日本風景論を読んだ少年の頃、その表紙に書かれたのは、奥飛騨の春と題した小画であつたのを忘れ得ない、杉と松とでかくされた幽渓に両三枝の山吹は水に反り、巌頭には尾の長い小禽が水を見つめて居た。かくてわが少年の夢は早くもこの時に結ばれ、奥飛騨の春を見得ることは、換ゆるものなき自分の幸福となつて居た、此の夢は、現に自分を越中の人たらしめて、今また奥飛騨の春に歩を運び入らしめんとしてゐる」（句集『飛騨紬』「序」靖文社　昭二二）

そしてそれに、とどまらない。しばしば彷徨した甲斐の渓谷からのぞんだ、立山、飛騨、そのはるかな城壁めく高峰が去来しつづけていた。いうならばそこは、普羅にとって聖なる山カイラス山ていたのかも。

（須彌山）、でこそあったろう。とするとこのとき重昂の『日本風景論』の「立山」の一節を浮かべ

「世に『大』を説く者多し然れども真成なる自然の『大』は実に立山絶頂より四望する所にあり」「その眺望や富士山頂に亜ぐといへども、山岳を一時に夥多眺望する所は実にこれに過ぐ、自然の『大』を収悟せんと欲せばこの山に登臨すべし」

普羅は、来富第一夜明け、「ホトトギス」系の地元俳誌「辛夷」（大正十三年、金沢で創刊。昭和四年より普羅が編集兼発行人となる）の同人でこののち長く普羅を支えることになる西砺波郡津沢町（現、小矢部市津沢）の素封家中島杏子（一八九八〜一九八〇）に打ち明けた。

「南方には飛騨境の山々、東南には立山連峰が行く春の斑雪をつけて城壁の如く並んで居た。脚下より続く田にはレンゲの花が紅く咲いていた。終に立山の下に来た、と私の目から涙がとめどなく流れた」（『定本普羅句集』「解説」）

立山連山

これから越中の普羅におよぶ。ここでは来富初期の句作が収まる『新訂普羅句集』（靖文社　昭九）を中心にみよう。その冒頭に付された「小伝」に述べる。ここにゆるぎない普羅の胸中がよくみてとれる。

「……越中に移り来りて相対したる濃厚なる自然味と、山嶽の偉容とは、次第に人生観、自然観に大なる変化を起しつつあるを知り、居を越中に定めて現在に至る」『都会人は大自然より都会に隠遁せる人』と思へるに、自分を目して『越中に隠遁せり』と云ふ都会人あり、終に首肯し能はざる所なり」

われは都会人ならず、自然人、われは越中人たらん。それこそ越中へ赴く意志であった。ここで浮かぶ『万葉集』の歌がある。越中国守であった大伴家持が天平十九（七四七）年、四月二十七日、「立山の賦」と題して詠んだ長歌だ。

天離る　鄙に名懸かす　越の中　国内ことごと　山はしも　繁にあれども　川はしも　多に行けども　皇神の　領きいます　新川の　その立山に　常夏に　雪降りしきて　帯ばせる　片貝河の　清き瀬に　朝夕ごとに　立つ霧の　思ひ過ぎめや　あり通ひ　いや年のはに　外のみも振り放け見つつ　万代の　語らひ草と　いまだ見ぬ　人にも告げむ　音のみも　名のみも聞きて　羨しぶるがね

（大意）鄙の地として名高い越中の国中、山は数々あり、川も数多いが、なかでも国の神が鎮座まします、新川郡のその名も高き立山には、夏にも雪が降り積もり、山裾を流れる片貝川の清らかな瀬に朝夕ごとに立つ霧の彼方の、聖なる峰をゆめ忘れられようか。いつも遠くから仰ぎみて、後の世の語り草として、それを人にも話そう。噂だけでも名だけでも聞くことで、誰しもみなが羨ましく思うように。

どうだろうこの、家持の立山への想いはというと、そのままどこかで、普羅の覚悟に通じないだろうか。

さて、普羅は、富山駅の裏手東、上新川郡奥田村稲荷（現、富山市弥生町）の借家に入る。そこは旧富山藩の儒者大野介山の隠栖所「快心亭」なる旧居であった。でいながらにして朝夕に立山連峰が一望にのぞめるという。これがもう何にもまして喜ばしかった。まさに「快心」なりだ。そこで早速第一報として、つぎのように日々に姿を変える峰々の美しさを報告するのである。いましも春を迎えるとき。

「立山連山は姿を表はす毎に雪化粧を落して居た。雪の斜面とのみ見えたミダガ原（弥陀ヶ原）も地の色を出して来た。白馬山（白馬岳）も真東の僧ヶ岳の後から静かに姿を見せる。ザラ峠の凹み、鍬先山の三角、さては薬師ヶ岳（薬師岳）の残雪……」（「辛夷」大一三・九）

ここに挙がる山名は山好きには大いに馴染みだろう。山水の飄客、普羅。立山を愛でて、立山を詠んだ。しかしながらどうしてか「此山に登臨すべし」という頂上を踏んだ文章も句もみあたらないのである。だからとまれその山巓に挑み詠んだ一句もあるべくもない。みなすべて遙拝の立山なのである。ついてはまず春の句からみよう。

蔓かけて共に芽ぐみぬ山桜

「四月のはじめ、雪の寒苦をのがれて、草木は長い息をしはじめた頃」に八尾町の山村に遊んだとして綴っている。「山桜も其れにかぶさつて居る蔓も芽ぐんで居る。『共に』人の心も芽ぐんで居る」「共に雪に閉ぢ込められて居たが、今は共に万事が芽ぐんで居るのだ」（『渓谷を出づる人の言葉』以下、付記なき場合は同書から）と。

越中は、雪国だ。ついでながら筆者も雪深い越前は大野に産出しているのだ。だからいうならば地縁があるというか。ここでいわれる「雪の寒苦」も肌身に染みてわかるのだ。そして「共に」芽ぐむ感もまた。じつはこちらは児童記録『雪国の暮らし』（ほるぷ出版　昭五一）なる著書をもつのである。「長くきびしい冬。そのあとにようやく来る春。それだけに、雪国の人々にとって春の喜びはひとしおです」としてわたしは書いているのだ。

「雪囲（ゆきがこ）いをといた家の中も、パッと明るくなり、日だまりでネコが日がな一日、寝（ね）そべるようになりました。ぽかぽかとした春です。

いよいよお米づくりのスタート。冬のあいだ休んでいた田んぼに、春の暖かい光と豊かな水がたっぷりとそそぐように田起こしをし、苗づくりにとりかかるのです」

雪が多ければ、水も豊かなり。つぎにこの句をみられよ。

苗田水堰かれて分れ行きにけり

「破壊の天才常願寺川に至つては、今に至るも巨豪立山の懐に食ひ入り、立山を削り取つて居る」と。普羅は、日本三大崩れの一つ暴れ川として名高い常願寺川の浸食作用（参照『崩れ』幸田文　講談社文庫）におよんでのべるのだ。「然し其の為めに苗田の水も稲田の水も年毎に少しの不自由も感ぜず、又私達の井戸も四時清冷な水を高く吹き上げて居るのである」

これがまたわが九頭竜川の上流に広がる扇状地の郷里の景そのものでもある。まことに早春から初夏、越中は爽快なかぎりだ。だがやがてくる夏はどうだろう。

立山のかぶさる町や水を打つ

富山市の中町から東へ歩く。とずっと目に稜線が迫るばかり。

「立山連山なる餓鬼（餓鬼岳）、五郎（黒部五郎岳）なんぞの山が絶壁の如くに、街の上に突つ立ち上がつて居る。自分が越中に来たはじめての夏、毎日の様に、此の光景がつゞいた。此の光景は、自分が越中に来て居ると云ふ事をはつきりと思はせる許りでなく、越中に住んで居る価値と云ふ様な事を考へさせて呉れた」

最初「立山のかぶさる町や」と口を衝いてでたが、なかなか下五が落ち着かなく苦吟しつつ通りを行き来していると「打水が眼に入る」。夏の富山市中は暑い。フェーン現象の影響で気温が上がり、高温多湿、打ち水は住民の知恵である。そこで「水を打つ」でぴたりと句が成った。普羅は、揚言する。これは「作った句」ではない、「発見した句」であると。このエピソードには普羅の作句態度の真摯さがうかがえよう。いやほんと待つ人の面目躍如の言い草ではないか。

普羅は、どうしてか立山に登拝していない。しかしその眺望を求めて周囲の山を歩いてはいる。もちろん旅先などでは少なくなく山行している。甲斐、信濃、陸奥、ほかでは稜線を目指した句稿がみえる。ところでそれが珍しくかなりの高峰を登頂したとおぼしい句がここにある。「大日岳」と前書する、つぎの一句（単行句集未収録、『定本普羅句集』所収）である。

大日にすがる女人の汗かほる

「大日」は、立山の前衛、大日尾根にある大日岳（二五〇一m）。でなぜここで「女人」であるのか。立山は多くの霊山と同様に女人禁制であった。明治五年、禁制解禁により女性も登拝可能となる。「大日にすがる」、ここにはあえて深読みすればいわれない差別をたてにして、霊山を拒絶されてきた女性の怨嗟がみられようか（参照・『山岳信仰』鈴木正崇　中公新書）。

普羅は、地貌を説く。ただたんに嘱目の景を詠むだけでよしとしない、じつにもっと民俗に深く関わっているとみられよう。ところで大日岳への登山道はというと、古来より修験らが辿った称名滝（日本一の三五〇mの落差を誇る四段構成の滝）近くの称名平から尾根に登るルートから登拝しただろう。だがこのとき大日岳から奥大日岳を経て室戸平に出て、立山の山頂、大汝山を踏んではいない。もしそうしたのなら句を残しているはずだからだ。

立山遙拝

夏は焦熱、冬は厳寒。つぎには雪の句をみよう。普羅は、そのさき「ホトトギス」（大二・三）虚子選で初巻頭を飾ったが、そこにこんな雪の句がみえる。

雪晴れて蒼天落つるしづくかな

昨晩まで荒れ吹き募った雪空、それがなんとこの朝はからりと晴れわたっている。「蒼天落つる」、たしかにこの感覚は雪国の人間にはよくわかる。これはいつか甲斐の渓谷で仰いだ冬空の一幅なのだろうか。

雪の俳人、普羅。雪を詠んでとても佳い句があるのだ。

オリオンの真下春立つ雪の宿

厳しくも澄んだ美しい景である。雪の宿とは遠くはるかにのぞまれる小さき我が家。

「オリヲンは冬のはじめになると、宵の口から立山にかゝげられる。冬が更けると共に、オリヲンは高く〳〵昇つて来る。『花火』の様なオリヲン星座を冬の空に見出すのは左程に困難でない程、其れは美くしい姿である。春立つとは云へ、雪は毎日降りしきる」。それでもやがて雪解けのときがくる。すると童子のようにも「オリヲンの真下の雪の宿を出て、オリヲンの真下の富山市中や、奥田村の村道をあるき廻はつた」というから微笑ましい。

立山のすぐそばにいる、それだけでじゅうぶん、満足もしごくであった。

「立山を見て居ると其の日の腹立たしい事は一時に解消される。『立山あり何をか思はんや』とは、毎日〳〵垣根に来ては繰り返へした言葉である」（「俳壇自叙伝」「俳句研究」昭一五・六）

そうなのだが支局長としての仕事は煩瑣このうえなく土日休みもとれない。だからこの頃おもうようには立山の渓谷を彷徨することは叶わなかった。そこでついに決断するのである。

昭和四年、四十五歳。五月、赴任から満五年、報知新聞社を退職。筆一本の生活に入る。そうはいえ地方でもって俳句なんぞで生計を維持するのは生易しくなく困難でしかない。主宰誌の「辛夷」も小所帯。「ホトトギス」系でも傍流でしかないのだ。であれば当たり前だが同人費も選句料も雀の涙でしかない。それがどんな経緯があってか決意してしまった。ただもうただ自由に渓谷を彷徨いたいものだ。おそらくそれが第一の最大の理由だったのだろう。おもうにそれだけ留守の妻子の苦労はしのばれよう。

されはさてとして。早速、同月、ほんとうに奥飛驒の渓谷を彷徨っているのだ（この山行については次章にする）。以後、普羅は、どれほどか気軽な身になって各地に旅をしている。しかしどうしてか立山は登らずじまいできた。もっぱら立山遙拝句をものする。

『普羅句集』

昭和五年九月、処女句集『普羅句集』（靖文社）を上梓する。収録句三百六十五。その「序」に述べる。「只、静かに静かに、心ゆくまゝに、降りかゝる大自然に身を打ちつけて得た句があると云ふのみである」

「身を打ちつけ」とは、またいかにも大振りで普羅らしくあるが。なるほどたしかに立山を詠み秀句が少なくなくみえる。なかでも長く厳しい冬のさなかの雪の句が佳いのである。

うしろより初雪ふれり夜の町
神の留守立山雪をつけにけり

一句目、「人を待つ」と前書する。長待ちの相手は女人だろう。立って長く待ちぼうけをくっている、そうしてどれほどかその背も寒くぞくぞくとしてき、雪が降り初めるようすであるか。いやほんとこの「うしろより」はぞくぞくもの。これまた「発見した句」であろう。
二句目、神様がお留守する、神無月は陰暦十月の異称。陽暦にして九月末にはもう初冠雪をみる立山。それからなんと長くも平地の初夏まで雪がつづくのである。

雪山に雪の降り居る夕かな

幾日もずっと降りに降りつづけた雪山。またこの夕べの刻にも、居宅の西方に聳える立山連峰の中空が薄黄金色(アーベントロート)に透け、しんと雪が降っている。ただそれだけのことのように夕景をとどめるきりのようにみえる。だがそれと、うちにひそめた嘆息がきこえてくるよう、ではないか。普羅は、ぽつねんと佇立しつづける。雪はだがしかし山だけでない。市中でもこんなに恐ろしいほどの積雪をみるのである。

雪卸し能登見ゆるまで上りけり
雪を割る人に夜は更け明るけれ
雪を割る人にもつもり春の雪

「幾度か卸された屋根雪は次第に往来に積み上げられ、其の上を歩いて低い二階の窓から出入りする事も出来る」。その雪が凍った道を突き棒で割って押し車に載せ川に運び捨てる。それを夜が白むまで繰り返すのだ。だがその端からもう春なのにまた降るという。これはわが郷里の冬景でもある。わたしも拙著『雪国の……』で「『雪おろし』のたびに、おろした雪が道にうず高くつもります。と、つぎはその雪をとりのぞかなければなりません。『雪かき』です」として書いている。
「『雪おろし』もつらい仕事（しごと）ですが、この『雪かき』の作業（さぎょう）が、そのつらさに追い打ちをかけます。雪をおろす、雪をのぞくというくりかえしが、ひと冬のあいだ、ずっとつづくのです。雪国の人々にとって、毎日が雪とのたたかいのあけくれです」

雪は厄介者だ。だけどどこかで雪国にあっては雪の便りが待ち遠しいような心持ちになっている。雪は不思議だ。

明るしや黒部の奥の今年雪

これは晩秋の黒部渓谷探訪の一句である。汚れた万年雪ではなくて、さらさらの新しい今年雪。それを「明るしや」とみる、そこにはときめきをおぼえるような、そんな浮つきがあるか。しかしまたなんとも恐ろしいこともままある。

国二つ呼びかひ落とす崩雪かな

越中と飛騨とを驚かせ谺する雪崩の轟音。剱岳（二九九八m）、立山の主峰大汝山の頂からしだいに下へ雪が来て、奥田村にも雪が降る。そうこうするうちにドカ雪に閉じ込められて新しい年を迎えることになっている。

大雪となりて今日よりお正月

昭和九年、五十歳。来富十年、ようやく雪国は越中に馴染んだ感慨であろう。「元日とは云へ余りに静かだ。噴井の音も含み声で耳に来る音は一つもない。雨戸を明けると昨夜からの粉雪は霏霏として降つて庭は二尺近く積つて居る」。そして仰ぐ立山は純白に輝くのだ。普羅は、しばらく柏手を打ち合掌したろう。しかし雪は降りしき降り積もる。

雪五度立春大吉の家にあり

「降つては消え、降つては消え、今年は五度も大雪が来た。その閉ぢ込められた心は一つの責苦である。積む雪を紫色に見、春を遠いあの世と思ふのもその為めだ。だが人々は『立春大吉』のお札を貼つて春が遠くない事を信じて居る。自分も信じやう」

それにしても春は遠いのである。そういえば富山と縁の深い（父が同県生地(いくじ)の出身）、詩人田中冬二（一八九四〜一九八〇）の「春」という詩にあった。

太平洋の沿岸は
朦夜であるのに

日本海岸は未だ吹雪で荒れてゐる　（『海の見える石段』第一書房　昭五）

わたしもその昔によくこのフレーズを口ずさむのだった。そうして長い冬を恨んだものだ。もうそろそろ止んでくれよな。なんてもう、裏日本怨念節、たっぷりに。

Ｖ　飛驒

「奥飛驒の春」

本章では、国別句集三部作の一集『飛驒紬』（昭二二）を、俎上にする。飛驒は、大化の改新（六四六年）で、国制を「大、上、中、下」の四等に定めた際、下国のなかでも「下々の国」と呼ばれた辺鄙の、山国だ。表題はその山麓で丹精込め織られる紬を念頭にしたか。この集には飛驒を多く詠んだ作者厳選の二百十五句を季題順に収める。まずはその「序　『奥飛驒の春』前記」（これは「辛夷」（昭四・五）に掲載の紀行文の前書きを序文に転用したもの）をみられよ。

「吹きつゞく雪消風は、越中の南に立ちふさがる山々の雪を削る。

四月の初、八尾町の郊外に一歩をはなれると、崖といふ崖、畦といふ畦はツクシンボウの林となり、赤肌を見せた畑の畔や、城ケ山の横ツ腹には萌黄色のフキノトウが並び、星のやうなルリイチゲがぽつりぽつりと咲く、四月二十日の曳き山の日が近づくと、風雨の往来もあわただしくなるが、枯葉に覆はれた卯花村の森のかげには、厚い肉質のカタクリの芽が出る。曳き山の賑ひが山の町をとほり過ぎ、気早な町の家で、初夏らしく、紺の香高い暖簾を掛けると、木の芽のかたい雑木林には、コッサ採る人の背が見へ頭が見へ、古調のオワラ節が静かに流れてくる。

牛嶽、祖父ヶ岳、夫婦山、御鷹山、なかなか姿を見せなかつた白木峰、金剛堂山、それらの麓には未だ雪は氷のやうに肘をつつぱつては居るけれど、然し春はあらそへない、去年の初雪の頃からうち絶へてゐた、八尾商人と奥飛騨の人々との取引は、本街道からも裏径からも始められるのである」

なんと見事な句集の刊と春を寿ぐ挨拶の次第だろう。そしてこの「序」はというと、「哀弦は鳴る、わが少年の夢は現実に結ばれやうとして居るのである」として、つぎのように結ばれるのである。

いやはやなんたる欣喜躍如ぶりではあろう。

「奥飛騨の春、奥飛騨の春、わがファンタヂー」

昭和四年五月、普羅は、新聞社を退職。同月十九日、早速、ようやくのこと念願が叶い奥飛騨の渓谷を探ることになった。案内役は「辛夷」の仲間、橋本巨籟。その折の紀行「奥飛騨の春」にある。八尾町から牛首峠（一〇六四m）を越えたとき、「五月二十日午後三時四十分飛騨の国に入る」と喜びいさんで綴っている。それこそずっとあの志賀重昂の『日本風景論』増補版所収の「飛騨に入るの記」を読んで以来夢見てきたことだから。

三十四年前、明治二十九年、同様に五月、重昂は、富山から神通川を遡行「深谷千仞、流水激射、万人の巨砲を一時に轟発するに似、誠に一代の壮観を極む」飛騨へと入っている。健脚重昂は、このとき早朝富山を発ってその日のうちに飛騨古川町に達するのだ。直線距離で六十キロ、道路沿いで八十キロになろう。そして翌日、高山に到着。その委曲をつくした紀行のしまいに擱筆する。

「飛騨の山水に秀絶せる此の如し、我れ詞人画客の此処に遊ぶ者特に少なきを憾とす、講ふ飛騨に遊ばん哉」

普羅は、さいぜんからこの季節を予定すること、重昂の「講ふ飛騨に遊ばん哉」の声に答える、ごとくその行程を反芻していたのだろう。

さて、飛騨への第一歩、牛首峠を越え、白川郷を経て、天生峠（一二八九m）へ。ここは白川郷から神通寺川の畔に出る唯一の山径である。途中、土地の者がいう「人買ひ」、当時の主力輸出産業であった生糸工業で発展していた諏訪地方の岡谷あたりから飛騨の女性、多くは十代の少女を女工募集にくる業者に出会す場面がある。これなどはあの野麦峠（一六七二m、飛騨と信濃を結ぶ鎌倉街道・江戸街道と呼ばれる街道の峠。乗鞍岳と鎌ヶ峰の間。山本成美のノンフィクション『あゝ野麦峠』で知られる）の悲話が、ごろごろとあった時世のあかしだろう。

またここでは唐突にも『高野聖』には此の峠で『ネチ〳〵した陰険な越中売薬』が美女に迷ふ

て馬になつたと伝へて居る」という箇所がみえる。
「高野聖」とは、むろん泉鏡花(一八七三〜一九三九)の小説をいう。鏡花は、金沢市生まれ。じつはこの物語は吉城郡河合村(現、飛驒市)と大野郡白川村(現在、飛驒地区で唯一の町村)を結ぶ天生峠が舞台なのである。「世の譬にも天生峠は蒼空に雨が降るという、人の話にも神代から杣が手を入れぬ森があると聞いた」云々なる一節がある。ここでいう「越中薬売」については「飛驒の山越をやった時の、麓の茶屋で一緒になった富山の売薬という奴あ、けたいの悪い、ねじねじした厭な壮佼で……」などととある(『ちくま日本文学全集　泉鏡花』筑摩書房)。

そんなふうにゆくさきざき新奇が限りなくつづくも、四日目、でもとうとうその渓谷行も終わりとなっているのだ。普羅は、ひとりごちるのだ。渓がイイ、街はイヤ。「自分は富山市に入るのが何となく苦痛だつた」。いやなんという渓恋いも酷い病膏肓に入る重患ぶりではあるか。

以後、普羅は、たびたびもその奥へ足を踏み入れることになる。そうしてそれから昭和十年代には神岡町(現、飛驒市)は三井金属神岡鉱業所の職員を中心とする句会指導にことよせて奥飛驒渓谷行をつづけるのだ。越中富山と飛驒高山は高山本線の列車が神通峡を縫い走る(昭和二年、飛越線、富山駅—八尾駅間が開業。八年、飛越線が全通、翌年、高山線に編入され現在にいたる)。だからさきにみたように「まだ鉄道も通つてゐない飛驒の国」はただもう馬車か歩くほかないのである。それがどんなに大変なことであるのか。ここでさきに一人の名前をあげよう。

田部重治

田部重治。第Ⅱ章でふれた普羅に大きく影響を与えたろう登山家・文学者である。この人が当地は富山県新川郡山室村（現、富山市長江）の生まれ。英文学者としてウォルター・ペイター、ウィリアム・ワーズワースなどを研究した。東京帝国大学英文科在学中に木暮理太郎と知り会い、山への関心を深め、日本アルプス、秩父山地を歩き、『日本アルプスと秩父巡礼』（北星社　大八）を刊行、日本アルプスを偉大な山、秩父山地を緑の渓谷美、として流麗な文章でその魅力を表現した。重治は、明治四十二年七月、有峰（常願寺川の支流の一つ和田川最上流部、落人が隠れ住んだとされる集落）から薬師岳（二九二六ｍ）に登頂している。

「小児の時分から私等は、有峯（アリミネ）のことに就て色々の面白い伝説を聞かせられてゐる。私の郷里と同じ郡でありながら有峯と云へば、全く絶海の孤島にある未開の異人種の住んでゐるところと云ふ風な感じは、何となく抱かせられた。たまに有峯へ行つた人があると、皆でよつてたかつて有峯の珍らしい話をきくことが楽しみとなつて居た。

人家のないところを、八里も行かなければならないとか、郵便脚夫が一週間に一度鉄砲を担いながらそこへ行くとか、平家の遺族がそこにゐるとか云ふ話は、私等をしていつかそこを訪づれて見なければならないと云ふ心持を漸時高めさせて居たのである」（「薬師岳と有峯」『日本アルプスと秩父巡礼』）

そしてその朝、重治は、念願の薬師岳へ足を伸ばすのである。一行は、神通川沿いに約十七里（六十六キロ強！）の道を歩いて有峰に至り、村人に宿を乞う。翌早朝、主の案内で頂を目指す。そうしてやっと太郎兵衛平（二三三〇m）に立って大眺望をまのあたりにする。

「黒岳(クロダケ)、鷲羽(ワシハ)ヶ岳(ダケ)、槍(ヤリ)ヶ岳(タケ)等が、残雪斑々として荘厳な姿を以て天涯に聳立してゐるのが前面に見えて、見るからに神々しい気分に襲はれ、黒部川を距てゝ向ふには、雄大なる奥ノ平の高原が開呈されて、雄渾の趣致を漲ぎらせて居る。私は之等を見て初めて、多年心の内に描いて居た深い深い奥山と云ふものに辿りついたやうな気がした」

いやこの驚倒的形容はどうだ。重治の薬師岳行はやはりどこかで、普羅の飛騨探索をうながしたろう。頂に立つと、峡を探ると。そこはむろん別にしているが。ついてはふたたび断ってからはじめたい。すなわち普羅の句では「天涯に聳立……」「雄渾の趣致……」たる山巓は詠まれないと。もっぱら句の主題は山峡の自然と人々と暮らしぶりだ。それがいかなる景をむすぶのか。早速、「飛騨に遊ばん哉」の春から季題の順にみよう。

春の渓

雪とくる音絶え星座あがりけり　（雪解）

冒頭の喜ばしい雪解けの景。句は、日中の雪解けの滴音もやみ、今宵はまた見事な星々なるか、の謂。ほんと早春の山々の星空の祝祭は素晴らしい。

青々と春星かゝり頽雪れけり　（春の星）

掲句の舞台は、八尾の山間、神通川支流の室牧川上流の谷底に湧く下（した）の茗（みよう）温泉（現在、閉鎖）へと至る雪径。このように自解をほどこす。「空気には水分も塵埃もなく、地上は厚い雪だ。提灯を消すと空はます〳〵冴え、雪と星との薄あかりの世界、対岸の山の尾根に近い青い大きな星は呼吸して居る様に瞬き出した。気がゆるんだ様に対岸の絶壁を細い頽雪がドウ、ドウと落ちそめる」（『渓谷を出づる人の言葉』以下、付記なき場合は同書から）

「春星」は、希望だ。「頽雪」の轟音は、雪解けの合図だ。やがて厚い雪を割って小さな命の芽がふく。いつもながら普羅の句解は的確このうえない。同題で並ぶ一句も佳い。

乗鞍のかなた春星かぎりなし

普羅は、あるいは越中のほうから飛驒へ入る際に乗鞍岳（三〇二六m）をのぞむ稜線としたか。なんともこの峰をはるか遠く仰ぎみる句が大きくて宜しいのである。

谷々に乗鞍見えて春祭（春祭）
紺青の乗鞍の上に囀れり（囀）
山吹や寝雪の上の飛驒の径（山吹）

乗鞍を仰ぎ、飛驒を歩く。ときに踏む雪であるが、「寝雪」であり、「根雪」でない。前記の「雪崩」でなく「頽雪」と同様。こよなく雪を愛惜した普羅が偏愛する語の用例であると。「道」でもまた「路」でもない「径」。これまたよく山の懐を歩いた人の語でこそあろう。黙々と径を歩いていて、山吹の花を目にする。寝雪の白と、山吹の黄と。このコントラストの宜しさはどうだろう。

ここで前章に引いた「その昔、日本風景論を読んだ少年の頃、その表紙に書かれたのは奥飛驒の春と題した小画であつたのを忘れ得ない」以下の箇所を見られたし。じつにその「小画」の絵柄が山吹なのである。これをみるにつけても初春の野山に咲く山吹の黄色の花は特別な存在であるのがわかろう。そしてまた同題で並ぶ一句も佳いのである。

鷹と鳶闘ひ落ちぬ濃山吹

いやじつに勇壮な一幅ではないか。普羅には、ことのほかこの春の訪れを告げる花が愛しかったのだろう。山吹を詠んだ、雪解けから越冬にわたる、佳句が連なる。

山吹にしぶきたかぶる雪解滝　（雪解）
山吹の黄葉ひら〳〵山眠る　（山眠る）
青々と山吹冬を越さんとす　（越冬）

一句目には、どこか遠く芭蕉が『笈の小文』の旅の途次、吉野川上流は吉野郡川上村の西河（にしごう）で詠んだ「ほろ〳〵と山吹ちるか滝の音」と響き交わしているか。「しぶきたかぶる」と、「ほろ〳〵と」と、これはあえていえば飛驒と吉野の地貌のちがいなろう。

春はほのぼのと、集の季題の順に「ルリイチゲ」「花桐」「藤」「囀」「八重桜」と追い月日を経て、夏となっている。

夏の渓

白樺を横たふる火に梅雨の風　（梅雨）

当句の舞台は、旧神岡町、二十五山（一一五三m）の山向こうにある笈破集落（現在、廃村）。普羅は、このように自解をほどこす。

「笈破は高原川の渓谷右岸千三百尺許りの高台地に残る飛驒高原の一部である。年中霧の深い所で六月の末ごろ通つた時も、農家の大炉に白樺の大木が顔を突き込んで、胴体を家中に横たへ、梅雨風は火を煽つて白樺の頭はブシ〳〵と燃へて居た。主人が新らしい筵を炉辺に敷いて呉れたので横になり、つい、うと〳〵と夢心地になると、急に水を浴びた様な寒さを感じた。起き上がると直ぐ目についたのは戸口をふさいで走つて居る山霧と、其の中に動いて居る濃紫のアヤメの花だつた」

いまはない山深い僻村にこのような農家の生活があったのだ。これをみると普羅の紀行は民俗学的にも貴重な遺産といえよう。この点から同題で並ぶ一句を挙げる。

蚕せはし梅雨の星出て居たりけり

養蚕は、戦後しばらくまで全国どこでも盛んだったが、現在はまったく産業としては消えてしまった。となると「蚕せはし」とは何のことか。現代人にはもはや理解できまい。養蚕は大変な労働だ。五月下旬二令（二回脱皮）した蚕を育て、五令になると繭を作る。その間、食べる桑の葉の用意に始まり、繭の乾燥から出荷まで、仮眠二、三時間という日が十月末頃までつづく。「梅雨の星出て居たりけり」には、まさにまことに養蚕の者の吐息が聞こえるかである。山国で現金を得ようには、この養蚕も重要だが、鮎漁も収入に欠かせない。鮎の季は春から秋まで。

ところでこの句集ではないが『定本普羅句集』に「室牧川渓谷を行く」と前書するつぎの一句がみえる。これを引きたい。

うつぼ草枯れぬわれひと知らぬ間に

室牧川は、神通川の支流で八尾町流域の呼称。「うつぼ（靫）草」は、シソ科の多年草。日当たりのよい山野に自生。茎は四角形で高さ十〜三十センチ。夏、紫色の唇形花を密につける。花穂を乾燥したものを漢方で夏枯草（かごそう）といい、利尿薬とする。普羅は、「ウツボ草には別に夏枯草と云ふ名がある」として綴るのだ。「此の死を知る人は多くあるまい。草の如く人間も『真夏の夜の夢』を追ふて痴れたわむれて居る時だから、誰がウツボ草が孤り静寂として黒く死んで行くのに気がつく者があらう」

渓を歩く者ならば、誰も頷く景である。わたしもほんとうに幾度かその死の姿を目にして佇立させられているのだ。

秋の渓

月に出て人働けり下り簗　（下り簗）

川瀬に魚堰を設け簀または網で魚を捕獲する簗漁（やな）。単に簗だけなら夏の季。上り簗は春、下り梁は秋、崩れ簗は冬。冷たい流れのそこに真っ暗になるまで梁を掛ける。だがしかし漁獲は微々たるものだ。こんな普羅の嘆息がある。

「神通川の大簗と云へば、越中飛騨の境小豆沢（あづきざわ）の簗をはじめとして、其れより六里の上流にある打保（うつぼ）、さらに三里を遡つて三河原（さんがら）の簗を挙げねばならぬ。若鮎は越中から上り、太くうまくなつた落鮎は剰す所なく飛騨人の簗で漁られる。若鮎は其の勢ひを食ひ、味は落鮎に限られて居る。若鮎を遡らせながら、一本の落鮎の下らないのは、越中の河川漁者の黙つて居られない点で、此の争ひは六・七十年の歴史を持つて居る」

これがまた民俗学資料のたぐいか。普羅には鮎の佳句も多い。これはこの一集ではないが、『新訂普羅句集』、そこにこんな一句がみえる。

落ち〳〵て鮎は木の葉となりにけり

鮎は、産卵放精を遂げると、産卵場付近の川底に沈んで他の魚の餌になる。あるいは押し流されて河口近くに打ち上げられて、鳶や烏の餌になる。ほんとうになんとも落ち鮎の末路は「木の葉となりにけり」である。なかなかの佳句ではあろう。そのように鮎が木の葉になってしまう、するとこんな月が空ろな淵にのぞく。そうして道ばたには簗がくずれ転がっている。

おち果てゝ鮎なき湍の月夜かな　(月)
道ばたにくづるゝ簗の月あかり　(同)

飛驒渓谷。そこには田畑を耕す者もいれば、養蚕、川漁師、林業、はたまた猟を営む杣人(そまびと)もいる。秋が去り長い冬が来る。

冬の渓
冬の訪れとともに村は静まりかえるがまだ辛い働きがある。いわずもがな山に雪がつくと、いよいよ猟の季となっている。まずこんな猟の現場の句をみられよ。

霜柱ぐわら〳〵くづし獣追ふ　（霜）
杣がくゞり熊が通れる頽雪どめ　（頽雪）

そのように杣人は奥山に入っていって獲物を仕留め得たろうか。雪庇が張り出した尾根。いましもその深雪の径を踏みしめ踏みかためつつ、こちらに下ってくる一人の杣が遠く小さくみえる。少しずつだんだんと大きくなってくる。

人住めば人の踏みくる尾根の雪　（雪）

テッポウを負って、笠を被り、蓑を覆い、カンジキを履いて。白銀の尾根と、一点の杣人と。これまたなんとも壮大なるコントラストか。だけど人が歩けるような晴れ間はいい。もっとひどくつぎの同題の句の雪は物凄いまでのものがある。これぞまさに夜昼なく降りしきるドカ雪の情景であるだろう。

飛騨くらし人も歩かず雪つもる

雪おとす樹々も静まり鷺渡る

普羅は、渓谷の彷徨者であれば、当然この季節には、句作は雪山深くになる。なかの佳句をみる。

寒山に谺のゆきゝ止みにけり　（寒山）

雪山は月よりくらし貌さびし　（雪山）

遠なだれ山鳥の尾を垂れて飛ぶ　（頽雪）

厳冬の飛騨の奥山へ。そこには営々と生きる人々の営みがある。つぎの句は本章の冒頭に引いた「八尾商人と奥飛騨の人々との取引」の積雪期の往来の景だろうか。

吹雪来ぬ目鼻も分かず小商人　（吹雪）

吊橋の深雪ふみしめ飛騨へ径　（深雪）

十銭のあきなひするや冬山家　（冬山）

――以上、ここまでその句作をみてきて思われるのは以下のことである。第Ⅱ章で少しだけふれた普羅の説かんとする「地貌」観。ここでいま一度、さきの『春寒浅間山』「序」の引用につづく、部分をみたい。普羅は、そのさきに、それぞれの人生はというと「地貌の母の性格」のするところ独自のものとなる、としていう。

「それを見それを知れる者は、事も無げに、自然と称へて一塊又一塊の自然を同一視する事が出来ないのである。国々はかくて一つ一つの大系である。裏日本の雪で育てられた俳句と、表日本の明るさが与へてくれた俳句を、一枚の紙に並べ書いて見るのは、到底著者の堪へ得るものでは無いのであつた」

裏表という別個二つある日本。裏生まれのわたしには拍手喝采したいほどよく理解できることである。裏のわれわれには明るいばかりの表にはわからない何かがあるのだ。それこそほんと誇りも恨みも含めていろいろと。つぎの句をみよ。

色変へて夕となりぬ冬の山　（冬山）

夕陽に染まった「冬の山」のその荘厳な姿。それがいましもいま刻々と濃紺から茜色へと微妙に変化しつつあるありよう。たとえばその色の濃さは裏のものであって、このことについてはあえて裏日本の人間の経験則からいうしかないが、まずぜったい表が見せる淡いものでない。しかもいうならば、奥飛騨は裏の最深部、ならばなおのこと。普羅は、その深くふかくへと訪ねる。ずっと幾度となく移り変わる季節ごとに。というところで問うことにしよう。

渓の行く末

普羅は、いったいどんな気組みで飛騨の渓谷へと探索しつづけるのか。そうして句作で「地貌の母の性格」を発現するのか。つぎの引用をみよ。

「飛騨にあこがれて行く人は、北からでも又南からでも只まつしぐらに高山町まで飛び込んだゝけでは、飛騨はほんとうの姿を見せて呉れまい。此等残された太古の飛騨高原を渓谷から渓谷に越す時にのみ『飛騨の細径』は真実の姿と心とを見せて呉れるのである。飛騨へ行くのは『飛騨に入る』と云ふのが当たる。東西南北、どちらから入つても、嶮峻な大山脈を越さねばならぬ。然し一度この高原には入つて仕舞へば、黒土の山につけられた細径と小径が高まつて出来た峠とは、小鳥の啼く湿原と耕された台地と又樹木に隠された往昔の人の通つた飛騨街道とにめぐり合はせて呉れる。峠は千尺乃至千二三百尺を出ない。馬小屋のある小さな農家は、小径の上に養蚕筵を投げ出して昼食をして居る。杉の造林や桑畑の中で思ひがけなく人を見る。其の人達にものを問へば手を休めて径まで出て来ていつまでも話して呉れる」

これぞまさに普羅の探索の仕方なのであろう。そしてこの姿勢こそまた、わたしたちに肝要な山への向かい方を示唆するものだと、はっきりと断言できよう。わたしたちはあまりにも安易に一直線「只まつしぐらに」目的地に目指すだけではないのか。

むろんそこには近年の四通八達ともいうべき、とんでもない交通機関の発達があってのことだ。だがひるがえって考えるならばどうか。じつはそれこそがわたしたちから、ほんとうの山を奪ってしまう、ことにつながったとはいえないか。普羅は、このことに関わって句集の「後記」にこう書いている。その驥尾に「昭和二十一年十一月三日憲法公布／祝賀の東京放送を聞きつゝ」と付記して。

「時勢は飛驒をいつまでも山奥として残しては置くまい、又飛驒を横断してゐる汽車は必要な産業地点で人を降ろしたり乗せたりしてゐるが、そのほかは割合に飛驒奥山として残されてゐる」「山々、渓谷、小鳥の声、栗の木の多い雑木林、イチイ、モミ、ツガの森林、それらを貫く古い時代の通路、廃坑、廃坑への古径、チロルの山家に似た木造家屋なぞが、やさしい飛驒人をはぐくんで居る」

いやこれをどのように読んだらいいものやら。それから七十年近く経った飛驒奥山の姿はどうだ。いまやほんとまったく許されないありさま。ともすると人はいうものだ。失ったものは、失うべくして、失ったのだと。それはだが逃げでしかない。

『飛驒紬』。最後の歳時は新年。そうしてその終を飾る句はこれである。だがもうこの宜しき景は見るべくもない。嗚呼！

松立て丶古き馬屋の雀の巣

VI　八ヶ嶽・弥陀ヶ原

研鑽結実

大正六年夏、普羅は、初めて甲斐の懐を彷徨した。それからいったい幾十回も八ヶ岳を中心に渓谷行をかさねたことか。八ヶ岳の峰々は甲斐と信州にまたがり、夏沢峠を境に、以南を南八ヶ岳と称し、以北を北八ヶ岳と呼ぶ。

たとえば九年、甲斐駒ヶ岳の麓に十日間滞在して南八ヶ岳へ向かっている。さらにまた十三年、富士五湖（富士河口湖町）の一つ、精進湖畔（しょうじこ）から遠路、北八ヶ岳を歩いてもいる。しかしながら句は成らないままだ。そうしてかれこれ遠く茫々と二十余年の月日が流れてからのことだ。

「『わが俳句は、俳句のために非ず。更に高く深きものへの階段に過ぎず』と云へる大正元年頃の考へは、今日なほ心の大部分を占むる考へなり」（『新訂普羅句集』「小伝」）

この間に研鑽を積んだ。そうして脂の乗る五十代に差し掛かっている

昭和十一年、五十二歳。十一月末、普羅は、東京から境川村に飯田蛇笏の山廬庵を訪ねたあと、風邪の高熱をおして八ヶ岳の裾野を巡り信州佐久へ向かっている。このときずっと甲斐の渓谷へ掛けつづけてきた夢が一気に結実するのである。さきにみた紀行「山廬に遊ぶの記」で夢想した「山上より落ち来るピアノの声」を思い出されよ。いうならば長くひそかに温めつづけてきた、その妙なる調べを、くきやかに奏でるように句にしたのである。これぞ普羅一代の佳汁「甲斐の山々」五句である。

茅枯れてみづがき山は蒼天(そら)に入る
霜つよし蓮華とひらく八ヶ嶽
駒ヶ嶽凍てゝ巌を落しけり
茅ヶ嶽霜どけ径を糸のごと
奥白根かの世の雪をかゞやかす

一句目、「茅」とは、八ヶ岳の前衛の山、茅ヶ岳(かやがだけ)（一七〇四m）の略称、その山容が八ヶ岳に似て

いるため古くから「にせ八ツ」の蔑称もある。「みづがき山」はその奥に聳える金峰山（きんぶさん）塊の鋭い巌を立てる奇峰瑞牆山（みずがきやま）（二二三〇m）。近景の茅ヶ岳は「茅枯れて」で文字通り枯れ茅に覆われて、瑞牆山は雪をかずき蒼天に尖り輝いている。絶妙なこの対照。

二句目、「蓮華」とは、八ヶ岳の峰々が連なる山容の見立て。「霜つよし」に、風と烈しい寒冷の気が漲る。この句から浮かぶ歌がある。

島木赤彦（一八七八〜一九二六）の遺稿歌集『柹蔭集（しいん）』（岩波書店　大一五）所収の連作「峡谷の湯」だ。赤彦は、長野県諏訪郡上諏訪村（現、諏訪市）在、ときに病気療養のために赤岳鉱泉へゆく。その途上、「馬上程遠しここは八ヶ岳の裾野なり。地高くして秋冷早く至る」と前書して詠む。「赤崩えの山」とは、主峰の赤岳（二八九八m）だ。ほんとうこの仰天的山頂はどうだろう。

驚きて山をぞ仰ぐ雲の中ゆあらはれて見ゆ赤崩（あかく）えの山

三句目、白砂の巨体を持ち上げる甲斐駒ヶ岳（二九六七m）。それがあたかも意思を持つかのように「巌を落」すという壮大な景はどうだろう。この掲句から浮かぶ小説がある。

宇野浩二（一八九一〜一九六一）の中編『山恋ひ』（新潮社　大一一）。そこにこんな一節がみえるのだ。これがほんとうなんとも迫力いっぱいの山塊をうかがわせるのである。主人公の「私」は「甲斐駒ヶ岳は九千七百八十何尺の山である。汽車の窓から見ると、駒ヶ岳の後左手に、それより高くあつても、決して低くないところの山山の頂が、二つも三つも覗いて見える」として呟くのだ。「だが、その時私の目は、時時他の方に目移りしながらも、絶えずその全山を私たちの目の前に露出してゐる、驚くべき駒ヶ岳にかへつて来るのであつた。駒ヶ岳は恰も舞台に出てゐる団十郎のやうに見えた。外の諸諸(もろもろ)の山は悉く彼の影に消されて、ひとり彼だけが、駒ヶ岳だけが観客の目を引付けるのであらうか」

四句目、中央本線韮崎駅の北方に、大きな裾を延ばしているコニーデ型の塊状火山、茅ヶ岳。ずっとその奥深くに消え入って行く径の行方はどこなるか。ほんとなんという一筋の「糸」の寂寞さではあるだろう。

五句目、「奥白根」とは、白根三山、北岳（三一九二m）、間ノ岳（三一八九m）、農鳥岳（三〇二六m）を総称する普羅の造語。蒼穹の下に聳える三山、清浄な輝きに満ちたこの世のものとは思えないほどの雪の白さへの畏敬。この一句から想起するのは『平家物語』にみえる有名な「甲斐の白峰」の一条である。

……宇津の山辺の蔦(つた)の道、心細くも打ち越えて、手越(てごし)を過ぎて行けば、北に遠ざかりて、雪白き山あり、問へば甲斐の白峰といふ。その時、三位中将(さんみのちゅうじょう)、落つる涙をおさへて、

惜しからぬ命なれども今日までにつれなき甲斐の白峰をも見つ

『八ケ嶽の四季』

どうだろう、五句ともに文句なしの佳句、ではないか。飯田蛇笏は、普羅の山岳俳句について最大の貢献者であるが、のちにつぎのようにこの五句をめぐり絶賛してやまないのである。

「彼の謂う『大自然に身を打つけ』た結果が、燦たる詩化の結実を示した」として書くのだ。「……、山岳作家として普羅一代の高峰を示すに至ったことは、彼のために祝福せざるを得ないところのものである。彼にしてもしも之れ無かりせば、彼の人生が如何にずたずたに穿き古されたみすぼらしいものであったかを想像する……」（「普羅俳句とその思出」「俳句」昭二九・一二『飯田蛇笏集成』第五巻）

なるほど、いや「もしも之れ無かりせば」とは、なっとく。しかしながら「ずたずたに穿き古された……」とまで「想像」していようとは。

それはさて。さきとおなし言い方をまたしよう。季語で冬の山は「山眠る」。どんなものだろう、甲斐の眠る山を詠んで見事な、できではないか。剛直である、かつ、繊細である。普羅は、ところでこのようにこの一連についていておよんでいる。

「一句が生れるまでには、其の句の核心が長年月の間、宿主にも知らせないで、生育を続けてゐたのも判り、自分と周囲及び過ぎ去つた自分の年月を意味深く振りかへらしめて呉れる」「八ヶ嶽や駒ヶ嶽に対する自分の心は、二十年をかけて漸く八ヶ嶽と駒ヶ嶽を相手に出来るまでに生育したと云ふべきである」（「一句の誕生」「辛夷」昭一二・五）

そしてじしんの句作をかえりみて、つぎのように吐露するのである。

「俳句は宗教に近接せんとする心の現はれであり、……俳句を求むるの心が十分に発育を遂げるならば、その人の心は宗教に突入すべきである」

であるならこの人にとって、山峡を彷徨することはすなわち、「宗教に突入」するにひとしかったと、そのように考えていいだろう。でしまいにここまで書いてきて思いいたるのである。

甲斐の渓谷。そこはまさに普羅にとっての原郷であったのだ。あるいはもっと聖なる谷とも呼ぶべきところだ。普羅は、ときにつぎのような夢をみていたという。

「句の成らないまま八ヶ嶽に対しては少年のやうな夢が生まれてゐた。それはあの広い八ヶ嶽の裾野に家を建てピアノを備へ、八ヶ嶽の四季の姿を眺めながら『八ヶ嶽の四季』を作曲することであつた。そのためにはピアノの弾奏法を学び、作曲の成るまでには一生涯を費やしてもよいと思つた」

いったい、それはどんな交響曲になっていた、ものやら……。

弥陀ケ原

昭和十三年、五十四歳。普羅は、乾坤一擲とこそいうべき立山詠一句をものしている（『定本普羅句集』所収)。これが素晴らしい、いやその夢幻的なるさま、じつに流麗である。

弥陀ヶ原漾ふばかり春の雪

弥陀ヶ原は、立山の麓から常願寺川水系称名川の左岸にかけて、標高一六〇〇~二一〇〇m、東西九キロ、南北三キロに広がる溶岩台地(浸食カルデラ)。十一月初旬から七月中旬まで雪に覆われる。夏には雪解け水が川をなし、「餓鬼の田」と呼ばれる池塘(ちとう)が数多く点在し、可憐な高山植物が咲き競う。秋には周辺の稜線と合わさり雄大な紅葉が臨まれる。弥陀ヶ原という床しい浄土的なる名。いうならばこの高原は普羅にとって立山の象徴でこそあった。

普羅は、しかしながらここに脚を運んでいないのである。するとこれは想像の産物なのだろうか、だがしかしその作句態度、はたまたひたすらなる、立山遙拝ぶりをふまえて、あきらかに実見の一句とみるべきだ。などというまでもない、居宅にいながらにして遠望、できるのであるから。だけどあえてそのベスト・ビュー・ポイントはなるとどこらか。どうやらつぎの一句がヒントになる。

牛嶽の雲吐きやまぬ月夜哉

牛岳（九八七m）は、立山の西方、「越中八尾おわら風の盆」で有名な八尾町の近郊にある信仰の山。普羅は、当地に支援者の俳友がいて、しばしば訪ねている。あるいはこの頂上からならば弥陀ヶ原がうっすらと春霞にかすんで、それこそ「漾ふばかり」に浮かぼうか。ここで蛇足ながら一言。山本健吉は、それを「おそらく富士から見た遠景ではないかと思う」（前掲書）という。だがしかし富士山（三七七六m）の峰のどこからも弥陀ヶ原は臨めないのだ。まったく明らかなる誤りである。さきの句と同工の作にある。

大空に弥陀ヶ原あり春曇

これなどは「漾ふばかり」の夢幻な調子をまえにすればいま一歩の出来といおうか。ところでいま、風の盆、についてふれた。じつは普羅も芸のあるところその歌詞を書いている。「小原竹枝」と題する四作。「竹枝（ちくし）」とは、地方の民謡をいう。二節引く（参照・中坪達哉『前田普羅―その求道の詩魂』桂書房　平二二）。

繭は車で車は馬で
　馬は笠着て幌かけて

糸はむらなく情けはながく
　八尾あねまの八重だすき

「あねま」は、うら若き姐さん。下手に遊んできたのでない。ほんとに達者なものだ。無駄に金はつかっていない。

それはさて。普羅は、立山を崇めること、越中に住みつづけ、立山を詠んできた。それどころか永住をのぞんできた。だがしかしなんでまた都会育ちなのに好き好んで裏日本に骨を埋めんとしたものか。わたしなどはその一事だけでも普羅にどこか親和感をおぼえたりする。やはりよほどの山水人間だったのだろう。

裏日本愛つのること、なんとその越中滞在はというと、四半世紀におよんだ。普羅には国別句集三部作がある。だがあってしかるべき、立山の名を戴く一集、それがないのである。もしあったなら彼の句業はというと、よりもっとその裾野を拡げるばかりか、さらなる高峰を覗かせたろうに。ではそれは、なぜなのか。ことは誰でもなく一人、本人じしんが知るのみ。わからない、ほんとうに。だけどいまそこらを読者の勝手で推測するとどうだろう。普羅は、おそらく立山のそれを、さいごと目指していた。だがみてきたように、あまりにも完璧主義者でありすぎ、それがかせになったか。いずれにせよそれを果たしえないままに……。

というところで立山に関わり、この人に登場ねがうことにする。

河東碧梧桐

普羅は、「ホトトギス」一途であった。のちにはおそらく結果としてその身の処し方の違いからしぜん距離ができてはいる。だがそれまでは虚子命でこそあった。碧梧桐と、虚子と。しかるに両人は何かと意見を違えた犬猿の仲なのである。であれば普羅にとって碧梧桐はというと、どうにも承服できない、いわゆる敵将であった。

碧梧桐は、ところで前述したように登山家としても著名であること、じっさいに立山に登って詠んだ名吟があるのだ。

明治四十二年七月、碧梧桐は、『続三千里』の旅の途上、中新川郡芦峅（あしくら）から称名の滝、弥陀ヶ原と登りつめ、天狗平で雪渓を踏み、「始めて九千尺の高峰に立つという感が油然（ゆうぜん）と湧いた」として一句を詠んだ。

雪を渡りて又た薫風（くんぷう）の草花踏（ふ）む　　碧梧桐

さらにこのとき、頂上において以下のような一句、をものしている。

七十二峰半ば涼雲棚引ける　碧梧桐

七十二峰とは、往古、三俣蓮華岳（二八四一m）から猫又山（二三七八m）に至るまでを立山七十二峰と呼んだ故事にちなむ。なんとまた雄渾、大振りな句風、心憎くはないか。

くわえて大正四年、北アルプスの針ノ木峠（二五四一m）から槍ヶ岳（三一八〇m）まで踏破（史上二登目）して『日本アルプス縦断記』を著し、「北アルプス句稿」六十句を草している（参照・拙著『風を踏む　小説『日本アルプス縦断記』』）。うちの一句にある、これも名吟である。

立山は手届く爪殺ぎの雪　碧梧桐

立山が手の届くほどに近々と目に迫ること、山肌に爪でがりがりと掻いたような雪渓が光っている。いやなんたる気宇壮大なるかこれは。

どうだろう。むろんもちろん普羅はというと、碧梧桐の登山歴や立山詠、それをよく熟知していたろう。なにしろ我等が敵将なのである。「ホトトギス」に反旗をひるがえし、新傾向から果ては自由律へと走った碧梧桐、そうではあるが無視はできない。どうしてか。

それは碧梧桐の立山詠ゆえだ。ここに挙げる句をみれば誰もが頷けよう。天晴れな名吟だと。普羅は、これをいかに評価したものか。首肯するにはいたらぬも、否定はしなかったろう。それどころか嫉視したとおぼしい。

このことからもなぜ普羅が立山に登頂しなかったのか、そこらもこの敵将の先行と名吟があるとみられるかも。良い意味で我が道を行く頑固の人だ。そんなふうにへんに突っ張ったところがあった。ところでもちろんのこと登頂の句が上とはかぎらない。いっぽういわずもがな眺望の句が下というわけでない。しかりである、どちらなりともいずれ佳い句は佳いということわり、なるなりだと。

碧梧桐、頂を踏み詠む。普羅、頂を崇め詠む。そしてともに佳句をものした。

我が思ふ孤峯顔出せ青を踏む

これは第Ⅲ章に引用している、甲斐の山峡を探り得た成果、いっとう最初の結実である。普羅は、この句について述べる。

「山より日出で又日は山に沈む。而して人より神への道であり、此れをながめて生き、其処に至らんとして群山の間を行く。此れに登らんとして岩壁に身をよせ、其処に達せんとして死力を致す。只死力を致すのみが全部である。……。孤峯の雪に上るまで、我は紛糾たる山谷の間を走けやう。我が思ふ孤峯よ顔出せ、其の顔を絶へず自分に見せて居て呉れ」

どんなものであろう、まさにここにいう「孤峯」はというとじつに立山、ではなかったろうか。それはさて悔やまれてならない。立山の名を戴く一集。いまそれが遺されてあったらと。

弐　地ノ篇

Ⅶ　能登

親不知

大正十三年、報知新聞富山支局長として赴任。以来、みてきたように多く甲斐、立山、飛驒を探りつづけている。もちろん山の句は佳いのだ、だがほとんど取り上げられないが、じつは海の句も悪くはない。どころかこれが素晴らしいのである。

つぎのような句が『新訂普羅句集』に並んでみえる。

雪つけし飛驒の国見ゆ春の夕
雪卸し能登見ゆるまで上りけり
萩枯れて芒は枯れて佐渡見ゆる

越中富山、この地からは飛驒の国も見えれば、能登、はるか遠くに佐渡の姿も浮かぶ。であれば山を詠うばかりでなく、いずれは海も詠まざるをえない。『能登蒼し』（辛夷社　昭二五）。ここに能登を詠む百四十句を季題順で収める。普羅は、その「序」の冒頭に述べる。

「日本人は裏日本に関しては多くを知らない、其ればかりで無く裏日本の国々が日本の生活に、大きな役割を果して居るのにも気が付かない、忘れて居るのでは無く、全く知らないのだ、又知らうとも仕ない」「越後、越中の間にある親不知の嶮岨は、江戸と加賀との大衆的文化関係を断り放した」「且つ裏日本の空の闇さと雨や雪は、旅人を阻むばかりでなく、其処に生れた人々さへも、暗い家の仏壇の前に固着せしめ終つた」

いかにも「地貌」観を主張する普羅らしい断言的な言挙げである。「暗い家の仏壇の前に固着」とは凄い目線だ。わたしなどの幼時にはこの暗鬱な景は比喩ではなく現実としてあった。朝と夕ごとに仏壇に膳が据えられ線香が匂い燻るのだ。

それはさて、じっさいにその「親不知の嶮岨」にのぞみ、おぼえた普羅の初印象はどんなぐあいであったか。いやそのまえに、はるかな幼いときに親しんだ海について、みることにする。このことでは第I章でふれたがいま一度、育ちの横浜の港はおき、ここでは心の故郷、祖先伝来父の生家先は九十九里浜、白子の村はどうか。少時に学校の休暇ごと訪ねて滞在を満喫した海浜だ。

慌しく大漁過ぎし秋日かな
向日葵の月に遊ぶや漁師達

普羅にとって、そこはこのように、明るくどこかメルヘンチックなおもむきの海、であったとおぼしい。だけど表日本でなく、能登、ここは裏日本である。しかもここにきてもう白髯の年頃になっているのである。まず初めに『新訂普羅句集』から「親不知を通る」と前書をする句をみよ。

春の海や暮れなんとする深緑

長く厳しい冬から温かい春へ。海の彩りも、日を追い濃く、深く染まる。普羅は、この句について「親不知の絶壁の裂け目に『歌』と云ふ六七戸の部落がある。汽車がトンネルから此の裂け目に出て五六秒すると又次のトンネルに突き入る。此の五六秒の間に北側の汽車の窓から下に此の寂しい六七戸が見えるのだ」として綴るのだ。「北陸道は此の部落を東西いづれへ上つても、直ぐ海抜二百メートルの絶壁を這つて居る。爛々たる大きな日輪は一刻々々と海に沈んで、能登半島も火焰の中に掻き込まれて居る。冬を眼ざめて荒れて居た日本海も、これから深緑の眠りに入らんとするのだ」(『渓谷を出づる人の言葉』以下、付記なき場合は同書から)

普羅の富山赴任は五月。おそらく初めて親不知を目にして凝然と声をのんだ。冬じゅう目覚めていて「これから深緑の眠りに入らんとする」という蒼古とした海。なんという、この普羅の一瞥の感受の独特なる、ことだろう。あるいはこのとき初見の感で『能登蒼し』の上版を胸にひめたろうか。ついでにここで私事にわたるが、わたしも越前の出であれば「歌」なる優雅な名の寂しげな集落も知っており、よくこの一節にうなずけるのだ。いまもなお深い緑の海のきらめきが瞼に眩しく浮かぶほどに。

ところで親不知の険阻といえば中野重治（一九〇二〜七九）のつぎの一篇であろう。重治は、越前は丸岡の出身。上京と帰郷のたびごとその波濤を車窓にしたのだろう。これが秋の景なのであるが、「ひえびえとしめり」、じつに胸に沁みるのである。

ああ　越後のくに　親しらず市振の海岸
ひるがえる白浪のひまに
旅の心はひえびえとしめりをおびてくる

（『中野重治詩集』「しらなみ」ナウカ社　昭一〇）

春の海

さて、ここから『能登蒼し』を季題順にみたい。普羅は、能登を「日本海に突き出した腕の手首を東に曲げた形」という。いわれてみれば、手招きする手首、とはなるほどだ。それではないが普羅流にいえばその地貌からして、なんとも周遊欲をそそられる半島というのである。

昭和二年六月、越中に来て三年、普羅は初めて能登を訪ねる。以来、それこそ幾度となく季節ごとに経巡ることに。手首の曲げた形に沿ってゆくほど、寒暖の差や、潮の加減で、刻々と海は表情を変えるのである。

立春や一抹の雪能登にあり

「富山湾に雪雲が沸き立つ時、雲の絶間からチラリと能登が見え、明るい冬日の下に僅かに雪をのせ得た宝立山（四六九m）を頂上とした、台地のやうな珠洲郡が……」（前出「序」）云々、越中の雪を知るものには、能登の雪は無きごとしだ。もちろん春の便りも越中より早く訪れるのだ。まずは春の海をみよ。

神々の椿こぼるゝ能登の海
春光や礁あらはに海揺るゝ

一句目、「神々の椿」とは、『日本書紀』に記される景行天皇が熊襲の乱を鎮めるに際し、土蜘蛛に対して「海石榴（つばき）の椎（つち）」を用いた故事にちなもう。普羅は、書く。能登の春には「日本の神話が構成された、南方日本の舞台装置にそつくりな、楠の巨幹や、椿の原始林を潜らなければなるまい」（同前）と。いまは知らないが、ここにいう風景はというとわれらが若年のときには、いまだ残っていた。

二句目、「海揺るゝ」とは、つづき「断岸は海桐（とべら）が常緑をかざり、海面には、春ならば何処からとなく飛んで来た桜の花片が浮き、干満のない日本海の好みに随つて、幾日も幾日も漂つて居るのを見ることも出来る」という。そのように海がたゆたう、たおやかな景がひろがる。ほかに春の句にある。いずれもよくこの季の能登の表情を鮮やかにしのばせる。

一点の雲のそゝげる余寒かな

ごう〳〵と一とき東風の渡る湖　（柴山潟）

夏の海

夏の能登は猛烈に暑い。「夏は西高東低の気象配置はくづれ、爽かな東北風（アイの風）が吹く時の外は、フエン現象を起して失恋のやうに人々を悩殺する」（同前）。いやそう、苦しくも「失恋のやうに」狂おしい、のである。「はじめて積翠君を見る」と前書して。

能登人や言葉少なに水を打つ

ほんとうに七月、八月、となると地獄の茹で釜なのである。しょうことなしかない。だがしかし五月、六月、ことに梅雨明けの海は美しいのだ。「たゞ優婉であり、たゞ幽玄である」。普羅は、麗しいこのころの海をつぎのように詩のかたちをとって綴ってもいるのだ。

鵜が渡る、かげらうの如く
沖浪すれ〳〵に
高巣山の裾から、輪島町へ
また、光浦を横切つて　（同前）

梅雨明け。そのときの光のきらめきといったら、海ばかりでない、鵜もまたおなし、まわりみんなが輝くぐあいか。

梅雨晴や鵜の渡りゐる輪島崎

「輪島崎の鼻に立つと、梅雨晴の海の面に鳥が低く飛んで居る……鳥ではなく鵜だつた。東から西へ二三羽、しばらくして西から東へ一二羽、浪が腹をなめるかと思はるゝ低空飛行は鵜の特長である。油の様な日本海とは云へ、輪島崎の突端には梅雨浪が砕けて居る」。いつもながらその自解は見事なばかりである。描写の眼は精緻だ。いま少し夏の海をみよう。

飛魚の入りて輝く鮪網
暁の蟬がきこゆる岬かな

一句目、越中氷見の沖合の海上、鮪漁の船に乗る。「若し鮪が入つて居れば、網が掻き上げられる時、鮪は水面近く身を表はして魚形水雷の様に跳躍するのである」、みんなの眼は網に注がれる。そこに声がある。「飛魚許りだ。今年ア鮪はダメか」

二句目、夏の早朝、氷見は宇波（うなみ）浦の渚に立つ。すると岬の突端の「牛が鼻の木立で蟬が鳴いて居た。海は短夜のさめ切らぬ夢をつゞけてのた打つて居た。蟬の声こそ果しなき回顧を繰り返へさしめるものである」。ちょっと仕立てが目立つが、だがこの描写も素晴らしくある。そしてまたこの季には能登でしかみられない、ありえないような奇瑞をも眼にできるという。

奥能登や浦々かけて梅雨の滝

土用浪能登をかしげて通りけり

秋の海

能登で秋の海の見所となると、金沢市は北の海岸線に沿う河北潟（かほく）だろう。はるか立山から白山にかけての朝焼け、そして日本海の水平線にしずむ夕焼け。シベリアから飛来する白鳥、雁、鴨、千鳥などの渡り鳥、さらにまた蒲（がま）や葦などの植物、銀鮒、鯉、鯔（ぼら）ほかの魚類。さらにもっともっと乙なのは月の潟に筌（ど）（細く割った竹を編んで筒形あるいは籠状に作り、水中に沈めて魚・エビなどをとる漁具。『大辞林第三版』）を用いる漁の舟に乗りそぞろ漕ぎだしてゆくこと。

「右岸には一々舟小屋を持つた漁家が並び、左岸には一丈に達する葦、川が次第に広くなると、遙か月靄に煙れる広茫たる湖面が見へて来た」

月の江や舟より長き筌を揚ぐる　（河北潟月見）

潟に映る円かな月の鏡を割って舟は滑る。「月天心、東南の方葦の上に医王山が立つて居る。シギの群が眼の前の州に下りて、水が銀の様に散る」として綴っている。「船頭は水面に一間程の長い籠を引揚げた。彼の筬である。中には一尾の魚も居ない様だ。筬は直ちに、雫の波紋のおさまり切れない月の水面に投げ込まれた。飛沫も上げずに、静かな音で選択の済んだ『運命』の様に筬は沈んでいつた」。とはいかにもこの潟らしい寂しくも静かさではないか。

筬は沈む静かに月の水の面

さきにわたしはⅣ章で『飛驒紬』を俎上にしておよんだ。「いまはない山深い僻村にこのような農家の生活があったのだ。これをみると普羅の紀行は民俗学的にも貴重な遺産といえよう」と。そのことはまたこの古式の河北潟の筬漁についてもおなし。ときにこのように俳句俳文はよき民俗資料となるあかしだろう。

普羅は、また能登を西下して越前まで行脚する。そこで目にするのは海女である。「海女の口笛（をそ）越前雄島村にて　六句」と前書する句にある。

はるかなる秋の海より海女の口笛

白々と海女が潜れる秋の海

海女が潜っていた海から浮かんでする息継ぎ音。「海女の口笛、否深呼吸が三四丁の沖から聞こえて来る」として綴るのだ。いやなんと北陸らしい海景であろう。わたしもガキのころ雄島の海にあってその泣きおらぶごとき口笛に感じいったものである。
「沖にはポツ〳〵と小桶が浮いて居る。桶から細縄が海底に垂れ、其の先に海女は働いて居るのである。小桶は採れたアワビやサヾエを容れるが、海女が浮かび出てつかまつて休息する所でもある。口笛否深呼吸の笛の様な音は此の時陸に響くのである」

冬の海
しばらく海女の姿が消えると冷たく厳しい寒風が吹きまくる。「乾いた冷たい風は、堰を切った水の如く人の面を突き、能登の海は遠い沖から白浪を蹴立て、岬を目ざして押して来る、海は雪雲のない青空を映して底まで青く、浪が岸近く翻へる時には海水を透してゞなく海底が見られるのだ」
（前出「序」）

遊び女も海女も閉しぬ冬の海

いよいよ寒さが激しくなり雷も鳴りとよむ。雪を起こすように雪を伴って発生する雷、雪起こしだ。能登では、これが鰤漁はじめの合図となるので「鰤起こし」と呼ばれる。

鰤網を越す大浪の見えにけり

まるでそんな北斎の東海道五十三次は「駿河湾大浪裏」の壮大さではないか。冬、鰤は回遊魚で佐渡から富山湾に向かう魚道を南下する。氷見海岸から能登宇出津にかけての湾岸では鰤大敷網を拡げて待ち受ける。「鰤網を越す大浪」は豊漁の前兆だ。

鰤の尾に大雪つもる海女の宿

「雨まじりの寒い風が吹くと、越中の陸遠く住む人も『鰤おこし』が吹くと云つて、脂の乗つた淡紅色の初鰤の味を舌端に思ひ出して居る」。初鰤は美味だ。能登の名産だ。普羅も宜しくまた舌鼓を打ったろう。まだまだいっぱい冬の能登には美味が多くいっぱいある。

寒凪や銀河こぼるゝなまこの江

寒天に滝なす「銀河」と、海底に眠る「なまこ」と。この対比の妙、いや見事な吟。いつかたぶん漁舟に同乗したのだろう。なんともその描写はというと子細にわたって得意げなのである。「海鼠採は目ざす海面に来ると、長棹を海に突きさして舟を維ぐ、浪は立たず海鼠の寝床はいともしづかで、彼は尾頭も分たず寝むりこけてゐる」（同前）と。まことにそのさまは「生きながらひとつに氷る海鼠かな」（芭蕉）、はたまた、「尾頭のこころもとなき海鼠かな」（去来）そっくりそのままか。「海鼠採」は、桁網（けたあみ）（袋状の網口を金属や木の枠で固定した引き網。枠の下辺に歯をつけたものもあり、海底をかき起こして、貝類・エビ・ナマコ・シャコなどの漁に用いる。『大辞林 第三版』）を使った底引き漁で行う。つぎにみる「海鼠かき」のように。

珠洲の海の高浪見るや海鼠かき

奥能登の先端部、珠洲（すず）。ここの海鼠が抜群に美味なのだ。「旅人は、腐りかけた古風な宿屋で、九谷焼の小皿からコノワタ（註、海鼠の腸の塩辛）を酒中に移し、腸酒をこしらへ、その温まつた勢ひで吹雪の中に飛んで出る」（同前）。海鼠漁は知らない。だがわたしも冬の能登でこの腸酒で酔ったことがある。めっぽう、これが腸にしみいるように旨いのだ、ほんとに。普羅は、ところで第Ⅰ章で名前だけ挙げた初学時に兄事した松浦為王の一句をして綴るのだ。

「故松浦為王氏の、明治末期の句に、

木枯や捨て身に能登を徘徊し

と云ふのがある、私の解する所を云ふならば、木枯頃の能登を徘徊するのは捨身の行為だ、やけのやんぱちになつた人の身と心の象徴として、此の頃の能登が選ばれたのであつた、私達の俳句の作りはじめには此の句の妥当性を認めたのであつたが、矢張り日本人が裏日本に知識を持た無いことの具現された一事実にすぎなかつた」としてそれこそ裏日本人としての実地体験をへておよぶのだ。「捨身で徘徊しなければならない能登の荒涼さを、私は終に見ることが出来なかつた、且つまたその西北風が物凄いとは云へ、能登の東側では絶対に捨身になる程の事もないのだ」(同前)

つまるところここで普羅はというと「日本人が裏日本に」ついてまるで無知だとあげつらうのだ。

裏日本

山岳俳人、前田普羅。ここまでみてきたように、能登を歩き回り多く佳句、をものしているのである。山の俳人はというと、ここであえてそういってよければ、海の俳人でもあった。そしてまた正当にも「裏日本の雪で育てられた俳句と、表日本の明るさが与へてくれた俳句を、一枚の紙に並べ書いて見るのは、到底著者の堪へ得るものでは無いのであつた」（『春寒浅間山』「序」）と揚言するしだい。ほんとにじっさい裏日本人になりきっている。

普羅は、しかしまたどうしてよく海を詠みえたのであろう。それはいうまでもなく山を知っていたからである。しかもほかならぬ、恋い焦がれ自ら赴いた地の海、であったのである。越中の山と、能登の海と。たとえていうならば、厳父慈母、のごとくあったのだ。普羅は、前述したように科学につうじた少年であった。くわえるに長じては山の懐をよく探ってきたのだ。だからこそそこらの事情に精通していたのである。いまでいうナチュラリストのごとくに。

海の恵みは、山の豊かさ。逆もまた、そもそもふたつは分かちがたく一貫して循環しつづける繋がりなのであれば、真なると。山の恵みは、海の豊かさ。

――以上、かいつまんで『能登蒼し』におよんできた。さいごにつぎの引用でしまいとする。ここにみえる海女さんらが、いうならば普羅にとっては、そっくり能登なのであろう。あるいはどこかでまた、海女は幼くして別れた母親、であったのかもしれない。父なる山は険しい、だがしかし、母なる海は優しい。

「梅雨頃から輪島崎の一端……（猫の地獄）……の岩畳から、つれ立つて海女が海に潜る、身をさかしまにして沈むとき、長めにまいた腰の白布で、キチンと揃えた両脚をつゝみ、月夜の『ホワイト・シップ』（白船）のやうに、蒼い海に沈む、其の黒髪は、土地の人の謂ふのには、海水に刺撃されてかくも美しいのであると、又島から岩畳に上り来て、頭を包んだ手拭を取つて海水に含んだ黒髪をハラリとほごす、片掌ではつかめず両掌でつかむ一束の毛は、腰のあたりまであつた」(『能登蒼し』)

Ⅷ 浅間㈠ 戦前

山麓往還

甲斐、立山、飛驒。ここまでもっぱら山峡の奥深く探る飄客の背中を追うようにしてきた。くわえて前章では能登をめぐった。つぎなる本章では『春寒浅間山』(靖文社　昭二一)を俎上にしたい。まずこの句集について一言しておく。

一集は、昭和十五年、五十六歳頃より、二十一年、六十一歳頃までの作、二百十五句を収録する。二部仕立てで、吾妻川右岸の作を「浅間の巻」、左岸の作を「白根の巻」と分けて収める(これは昭和十八年刊の先行同題句集〔五十五句収載〕の増訂版である)。

これをみるにつけ収録の句は戦争を挟む時期のものとわかろう。そうであれば戦火の拡大と帰趨につれて、おのずと作風も変化を余儀なくされるはず。つまりいやがおうにも時局に絡む問題はまぬがれないのである。

というわけでこの期間の句作についてはそう、本章「浅間㈠ 戦前」と、次章「浅間㈡ 戦中」と、とまれそれぞれ別個に章分けしてみることにする。

普羅は、つねづね「自然を愛すると謂ふ以前にまづ地貌を愛する」(「序」)としてきた。一集は長年あたためてきた国別仕立てをかたちにした最初の結実だ。

大正十三年五月、普羅は、富山に赴任する。その折、軽井沢の高原の車窓から浅間山(二五六八m)が「威厳にさはる程に低くかつ平凡に眺められ」たという。それはむろん、このとき脳裡にあったのは甲斐、立山、飛騨といった名だたる高峰であった、だからである。

昭和四年五月、普羅は、新聞社を退職する。それからは上京の折などを利用して山麓に遊ぶことしばし、吾妻川左岸、あたりのそこここに俳友を得て句会の指導に回るようになる。普羅は、「浅間山の北側吾妻川の渓谷はおそらく闇く淋しいものと思つてゐた」として綴るのだ。「もろくも私の想像は破られ、やはりそこも表浅間のやうに明るさに満ち〳〵てゐることが判つた。そればかりでなく、美しく静かな裾野——六里ヶ原——は浅間山の奥殿としての貫禄を見せ、私をしめ殺す程に抱きすくめて仕舞つた」(「後記」)

なんとも「しめ殺す程に」までとは! でだんだんと浅間の往還が頻繁になってゆく。

みてきたようにここまで峻嶮な渓谷を経巡りつづけてきたのである。おもえばそのころは若くもないがまだ壮年といっていい溜(た)めがあったといえる。それがどうだろう。どうしてもこの年頃ともなると心身にはっきりと返答がくるものだ。そしてそれだけでない。ここにきて山岳俳句のジャンルに次元の違う新人がデヴューした経緯も影響していよう。

石橋辰之助

石橋辰之助は、「ホトトギス」を離反した水原秋桜子が主宰する「馬酔木」に拠る若手だ。十年、処女句集『山行』（沙羅書店）を刊行。山岳俳句に新生面をひらき、俳壇のみならず広く山岳界からも注目を浴びる。

さきに俳人側の評価をみよ。「秋桜子が高原地帯の風景に試みた近代油絵風の明るい印象的俳句が、彼の山岳俳句に恰好の手本を与えた」「（「ホトトギス」の写生主義者流は）これまでの花鳥諷詠的な消極的態度を一歩も出ない、調子の低いものばかりだ。辰之助の山岳俳句は、はじめて近代的登山家としての感覚で、山岳の壮大な美観を句にしたものと言うことができる」（山本健吉『定本現代俳句』）

山岳俳句に颯爽と登場した気鋭辰之助。それでは岳人側の見方はどうか。「この『山行』は、いわゆる山岳俳句の嚆矢（こうし）である。俳人が山や峠に杖をひいて、その風景を五七五の十七字に託した例は無数にある。しかし、そうした花鳥諷詠の世界としてではなく、スポーツとしての感覚で、山を吟じたのは彼が最初である」（高須茂「石橋辰之助のこと」『日本山河誌』角川選書　昭五一）

さらに師の秋桜子がする最大限の讃をみよ。「むかし小島烏水氏が（日本アルプス）の大著をあらわすや、国民の山岳に対する知識は忽ちひらけて、無名の一峰たりし槍、穂高等は若人の理想郷となり、終に今日の山岳憧憬時代が現出した。これと相似たるは、俳句作者によつて等閑視せられつゝあつた山岳が、石橋君の情熱あふれる作によつて賛美せらるゝや、忽ち若き作家等の魂を襲ひ、真の登山俳句が創建せらるゝに至つた事だ。（山行）はこの流行をなした作者忍苦の修行記録であり、又一面の壮大雄偉なる山岳の展望図である」（「馬酔木」昭一〇・九）

辰之助は、杖を突いて峠に頂を仰ぐ宗匠帽俳人ではなく、ピッケルとザイルを携え岩と雪に挑む登山家俳人であった。『山行』は、昭和六年以前から十年までの作品三二五句を制作年月順に収録する。六年、「槍ヶ岳　二句」と前書して。

槍沢も雪渓となる雲往来
日輪のすゝけ顔あり霧襖

以後年々、登攀の句は高度を増す。「三千米以上の山を詠まなければ山岳俳句とはいえない」。当時の口癖だ。七年、はやくも辰之助の代表作とされる、つぎの有名な一句がみえる。

朝焼の雲海尾根を溢れ落つ

朝焼けに染まった雲海が、刻々に姿や色を変えせり上がり尾根を越え、雪崩れて溢れ落ちてゆく。高峰にご来光を仰いだ者なら誰もが息を呑む一瞬。壮大な山景をしてよくここまで見事に一句にしたものなるか。いよいよ雪と岩に挑む句が多くなる。八年、「穂高岳」の二句。

雪けむり立てど北斗はかゝはらず
雪けむり立つ夜の星座鋭く正し

雪の句も佳い。しかしどうやら関心は岩登りにあったようだ。この年頃から急に岩の佳句が多く並ぶ。これがまた秋桜子ゆずりの連作でもって映画的ともいえる力詠をみせる。「垂直の散歩者」と前書して。

岩群を夏日の下に恋ひ来たる
岩灼くるにほひに耐へて登山綱（ザイル）負ふ
霧ふかき積石（ケルン）に触るゝさびしさよ

これをみるにつけ辰之助が「垂直の散歩者」だったとわかる。「ロッククライミングの精神は火の如く熱烈であり、ときには氷の如く冷徹であらねばならぬ。どうしてもこの二つを詠ひ出さぬ限り満足な作品とは成し得ぬと思ふ。私は山を詠ふとき山に負けまいとする」(「馬酔木」昭七・五)これぞまさに辰之助の山岳俳句の信条(クレド)なのであろう。九年、「穂高行」から。

凍る身のおとろへ支ふ眼をみはる
吹雪けども岩攀づのみにたかぶれる
穂高なる吹雪に死ねよとぞ攀ぢぬ

穂高岳(三一九〇m)、この嶮しい山の岩を厳しい冬にやる。なんと「死ねよとぞ攀ぢぬ」とまで。

女性浅間

山岳俳句の面目を画期した一集『山行』。普羅は、おそらくきっとこれを無視できなかっただろう。そしてひそかにある感慨にとらわれたはずだ。というよりかもっと観念させられるにいたった。おもうにこれからのち、もはや山の深く入る渓は探れない、それもよしとしようと。そのようなしだいで、この浅間の往還に格別な闊達さを、おぼえたことだろう。渓谷の険しさ暗さから、山麓の広がり明るさへ。これがこの一集の普羅の転換（スイッチ）なのである。まず冒頭の一句から。

落葉松に焚火こだます春の夕　（山麓）

落葉松は浅間山麓の象徴木だ。みるとその林の奥で誰かが焚き火をしている。パンパンと爆ぜる音がひびく。高い樹にいましも燃え移らんばかりの炎の勢。伸び上がる火の舌を、「春の夕」で閑かに包む。この強弱、また剛柔。なかなかの手腕であろう。ところでここで少し横道になるが落葉松に関わってみよう。

ついては若山牧水「みなかみ紀行」をみたい。大正十一年十月十九日、牧水は、草津温泉から沢渡温泉へ。吾妻川沿いを急ぐ途次、ふと脚が止まる。ほんとうに目を疑うしかない。「眼につくは立枯の木の木立である。すべて自然に枯れたものでなく、みな根がたのまはりを斧で伐りめぐらして水氣をとゞめ、さうして枯らしたものである。……。この野に昔から茂つてゐた楢を枯らして、代りにこの落葉松の植林を行はうとしてゐるのであるのだ」。楢を根絶やしにして、落葉松を植えるという。なんとこれが国営事業であるらしい。

なんでまたそんな無残なことをやるのか？　晩年、牧水は、沼津の千本松の伐採に猛反対した。エコロジーのパイオニアだ（参照・「沼津千本松原」『若山牧水全集　第八巻』）。

落葉松(からまつ)の苗を植うると神代振り古りぬる楢をみな枯らしたり
楢の木ぞ何にもならぬ醜(しこ)の木と古りぬる木々をみな枯らしたり

この怒り、この苦さ。普羅は、このくだりをさきに当の紀行を読み承知していたはずである。だがそのことを詠んだ句はとくにないようだ。どうしてなのか、そこらは不明にすれば、さきにゆきたい。ゆくほどに闇空に浅間の噴煙がほのみえる。つぎにつづく一句はどうだろう。

春星や女性浅間は夜も寝ねず　（裾野の夜）

「女性浅間(によしよう)」、あらかじめ断っておこう。じつはのっけから浅間を女性といいきる、この地貌への切り込みと名付けに、あげてこの句集の面目があるといえよう。
「終に私は浅間山がふりそそぐ女性にうち勝ち得なくなつてしまつた。あの噴煙すら或時には女性の瞋恚のほむらとしか思へなかつた」「浅間山は活き威厳と愛憐の心に満ちて燃えつゞけてゐる。私は日本的女性の象徴として浅間山に寄りそはんとするものである」（同前）
阿蘇と、浅間と。日本の火山といえばこの二座が代表。おそらく読者の多くもこの捉え方というか感覚に頷かれよう。阿蘇は男性、しかり、浅間は女性。あのたおやかなスロープをおもわれよう。それこそまさに地貌の大母の乳房さながらでないか。

春の宵北斗チクタク辷るなり　（同前）

このときの旅籠は追分か沓掛あたりか。北斗七星が、古来より時を測ったように「チクタク」と春宵の巡る空のはるか、浅間が夜目にもしるく噴煙を棚引かせている。それを仰ぎ見るにつけ艶めかしい思いに包まれる。あるいはそこにふと亡母の面影がよぎりもするか。こんな同工の一句もみえる。

女性浅間春の寒さを浴びて立つ　（溶岩をありく）

これなど、まさにけなげにも児を守る母の姿そのものではない、だろうか。

「アサマの三ツの発音は、おの〳〵母音をアで了はつてゐるために、大へん感じを明るくする。この明るい銘名は、日本民族ならでは出来ないものである。事実、浅間山は決して憂鬱なる姿ではなく、又憂鬱な周囲を持たぬ。軽井沢・沓掛と爪先さがりのくだりになり、小諸までの、素晴らしい眺望の裾野道は、永の流浪で気むづかしく成つた武士でも、鼻唄の一つも唄ひたくなる日本的なものを持つて居る。追分節があの四五里の下り坂で充分な発達を遂げたであらう事は、信じられる」（同前）

いつもながら普羅の自解は見事なものである。そこいらをこう言うとおかしいか、あまりに巧緻にすぎて、どこかちょっと痛ましいほどだと。とはさておそらくこの「武士」とは〈自身〉のことなのであろう。でそんなほどけたようなぐあい、普羅は「鼻唄の一つも」の気分で山麓を往還、してやまなかったのではないか。それこそもうゴキゲンに「信濃追分節」をトテチンとやりかげん。そんなずっと昔の三味線を弾いて、歌沢節を唸った日のようにして。

〽浅間山さん　なぜ焼けしゃんす
　裾に十六　持ちながら

鳥と蝶と

雉子啼き轍くひこむ裾野径　（狐舎）

裾野の粗い径を歩いていると、泥濘のそこに牛車のそれか、車輪の跡が深く印されている。ふとそこに目をやっている、としばらく耳につんざいた。ケン、ケーン……。その音も鋭く、しきりに叫び訴え求愛の相手に甲高く呼び掛けつづける、キジの鳴き声だ。ケン、ケーン……。いやこの生々とした聴覚はどうだ。ついてはいま一つ鳥の句をみてみよう。

鶯の下りて色濃し溶岩の盤　（鬼の押出し）

いちめんの溶岩の突兀のごつごつ。うちでそこだけ平らなところに、ふとみると一羽どこからか、はらりとばかり下り立ったウグイス。その鮮やかな萌葱（もえぎ）の羽を「色濃し」とすわ捉えた。またなんと見事なかぎりの視覚ではないか。またこんな鳥もいるのだ。

慈悲心鳥おのが木魂に隠れけり　（鎌原村）

「慈悲心鳥」は、ジュウイチの別名。ゆらいはその鳴き声を「ジューイチ（十一）」、「ジヒシンーッ（慈悲心）」ときく聞きなしから。けたたましく鳴く慈悲心鳥のやつはまるでその「木魂」の煙幕に隠れてどこにいるのか、の謂。鳥も囀れば、蝶も舞おう。

朝凪ぎし溶岩の滝津瀬蝶わたる　（鬼の押出し）

ひらひらと蝶が舞うじつに明るく爽やかなこの春の朝のよろしさ。ついでに蝶といえば「旧中山道をひとり東に向ひて歩む」と前書するこんな句がみえる。

吾妻の人と別れて蝶を追ふ

「蝶を追ふ」とは、どこか子供っぽい。これなどどこだかワンダリングというより、ほんとう爽快なるようす今風にいえば、まったくそんなトレランするみたいでないか！

火と煙と

吹飛ばす石は浅間の野分哉　芭蕉
浅間山けぶりの中の若葉かな　蕪村
有明や浅間の煙が膳をはふ　一茶

昔の人も浅間の火と煙を見上げた。ではここから蝶の舞い揚がる浅間の火と煙を仰ぐことにする。

春の雪下りて噴煙北を指す　(溶岩をありく)
春の天浅間の煙お蚕のごと　(熊野権現)
花は飛び浅間は燃ゆる大月夜　(新鹿沢の夜)
浅間山月夜蛙にねざめ勝ち　(裾野は五月)

いやこの浅間の昼また夜の大景はどうだ。たとえばその昔から誰もみな驚きの目でみてきたろう。ときに浮かぶのはつぎのような文である。

「峠の茶屋から先きの浅間東北麓の焼野の眺めは壮大である。今の世智辛い世の中に、こんな広大な『何の役にも立たない』地面の空白は見るだけでも心持がのびのびするのである」(寺田寅彦「浅間越え」『寺田寅彦随筆集 第五巻』岩波文庫)

ここにあるように遠望の浅間は壮大なかぎりである。だけどいざ登るとなると火山礫がごろごろの山なのである。そうしてまったく日陰もなく水場もないとくるのだ。それはそうなのだが中腹までは幾筋もの沢が縫って植物をはぐくんでいる。だからそこはむしろ草花の宝庫のようでもあるのだ。さきの「信濃追分節」にある。

〽浅間山根の　焼野の中で
　あやめ咲くとは　しおらしい

一すぢの径を浅間へキジムシロ　（鎌原村）
若葉して人に触るゝや毒卯木　（〃）
霧迅しサラシナショウマ雨しづく　（流霧）
吾亦紅枯首あげて霧に立つ　（〃）

そのほか藤、瑠璃草、桐、牡丹などなど。まだもっと多くの草花が詠まれている。なかでも普羅のマイ・フラワーの山吹であろう。

山吹や昼をあざむく夜半の月　（新鹿沢の夜）

明るい月光にほのかに浮かびでる山吹の黄。なんとも怪しく幽玄なる景ではないか。草花が茂れば、鳥も囀り、蝶も舞い、狐狸も隠れる。そうして岩の間の流れには小さな生き物が蠢いている。

浅間山蟹棲む水の滴れり　（鎌原村）

普羅は、そのときふと溜まりに沢蟹を見つけたのだろう。火を噴く山にもこんな小さな命が息づいている。自然の摂理というか、生命の神秘というか。沢蟹の母親は腹に子供を抱いて保護するという。普羅は、いまだ若い日に母を亡くした。であればこの小さな命を目にして飽きなかったろう。火を噴く山にも、さまざまな生命がいきづき、麓で人が暮らす。

浅間山巽の水に山葵畑　（山麓温泉）

「巽の水」とあるから、鎌原村と逆方向の表浅間、おそらく東南に流れる千ヶ滝近くの細流のどこか、でこの「山麓温泉」とは星野温泉だろうか。その清冽な沢に育つ山葵。普羅は、それをみるにつけ里人の営みと知恵に思いをいたすのだ。ところでここらは古くから度重なる噴火で多くが荒蕪の地であったのである。それがたゆまぬ先人の努力のあかつき、つぎにみる句に詠まれるようにときとともに切り開かれること、いまあるような稲作も可能になっている。このような山麓の佳句がみられる。

浅間こす夕日に追はれ畦をぬる　（裾野は五月）

浅間なる照り降りきびし田植笠　（〃）

なるほどじつに長閑なものである。さきに「渓谷の険しさ暗さから、山麓の広がり明るさへ。これがこの一集の普羅の転換（スイッチ）なのである」とした。がどこかすこし安気よなというか。ちょっとどんなものであろう。みてきたように明るくうららかな浅間の山麓の四季がくきやかに詠みこまれていた。それはおそらく浅間の地貌を女性と見立てたことによる。そのために句が優しくなった。なりすぎたきらいがないか。

ところでじっさいにこの地の貌は優しいばかりでない。あえていわずもがな別の貌を隠しもっているのである。普羅は、なぜかあるいは心するところあってか、そこらのことを詠まないようにしたか。

萩原朔太郎

それはとても恐ろしいものだ。じつをいうと浅間ときかれると、わたしには深くきざまれてどうしても忘れられない、つぎのような一篇があるのである。ついてはここに引いておきたい。

恐ろしい山の相貌(すがた)をみた
まつ暗な夜空にけむりを吹きあげてゐる
おほきな蜘蛛のやうな眼(め)である。
赤くちろちろと舌をだして
うみざりがにのやうに平つくばつてゐる
手足をひろくのばして麓いちめんに這ひ廻つた
さびしくおそろしい闇夜である
がうがうといふ風が草を吹いてる　遠くの空で吹いてる。
自然はひつそりと息をひそめ
しだいにふしぎな　大きな山のかたちが襲つてくる。
すぐ近いところにそびえ
怪異な相貌(すがた)が食はうとする。

（萩原朔太郎「恐ろしい山」初出「日本詩人」大一一・五／『青猫』新潮社　大一二）

山名はない、があきらかに浅間の噴火に恐怖してなったと、推測できる。そしてそれは間違ってはいない。どうしてかというと浅間と詩人の住む前橋は指呼の間であるからである。じっさいに大正九年十二月、噴火、山火事二百ヘクタール以上、峰の茶屋の焼失をみている。またその以前、大正二年四月から十一月にかけ、噴火している。この「怪異な相貌」とは、おそらく闇夜の火砕流や火映（かえい）現象の実見であろう。そのときに仰いだスペクタルが幻視者（ヴジオネル）の朔太郎に夢魔的というほかない詩をものさせた。なにしろふつうの凡庸な感覚の持主ではないこと「地面の底に顔があらはれ、／さみしい病人の顔があらはれ。／……／地面の底のくらやみに、／さみしい病人の顔があらはれ。」（「地面の底の病気の顔」『月に吠える』感情詩社・白日社　大六）とそんなふうに地異を表現する天才というのである。

はたしてこんなありさまの噴火をみると「女性の瞋恚のほむら」なんぞと遠目にしていられないだろうに。浅間は、いつとなし女性をかなぐりすてて狂奔しつづける、ひどく「恐ろしい山」となる。天明三年（一七八三）の大噴火！　いまのいまあの鬼押出しが即現実となるのかも……。

山が憤って狂うのは、人の奢りを誡めてだ。

というところで唐突ながらいったん筆を止めることにして章立てをあらためよう。じつはこのさきどこかちょっと、この集にいびつな感じを、おぼえてならないからである。

前述した経緯で当該句集の刊行は昭和二十一年。増訂分の句はというと、終戦後の作までみえる。

つまるところ、いびつな感じはこの一集が大戦をまたいで編まれている、ことによる。焦土と化した瑞穂の国。であればもっぱら地貌を詠むとしても、いかほどか戦争の影はなくはないはずだ。どんなに山奥の僻地なりとも、ぜったい戦禍の爪痕があろう。浅間もまた、浅間の飄客も、同様なりだ。

IX 浅間(二) 戦中

出征兵士

前章で「渓谷の険しさ暗さから、山麓の広がり明るさへ。これがこの一集の普羅の転換(スイッチ)なのである」と明記した。だけどこの集の後半にいま一つの転換があるのだ。

ここまでおもに普羅を山岳俳句の関心からみてきた。しかしながら山水の飄客とて時局と無縁ではいられない。普羅は、それどころか志賀重昂ゆずりの憂国人士なのである。であればなお大いに関わりがあろう。「地貌」愛それが、いきおい戦が激しくなるにつれ心高ぶるところその域を拡げること、「国士」愛となる。さらにはまた版図拡大熱のゆきつくところ亜細亜進出にまでいたる……。このことに関わって『日本風景論』所収の「日本の文人、詞客、画師、彫刻家、風懐の高士に寄語す」なる章をみられたし。

「今や我皇の版図は台湾島に拡張して、熱帯圏裡の景象は新に日本の風景中に加入し来り、兼て期年山東半島にして我皇の版図中に納まらんか」「台湾の最高峯玉山は宛如富士山に形似するを以て今や『台湾富士』と転名し、山東省の泰山は期年『山東富士』と変称し、斉しく富士山の名称を冒さしめんことを」

普羅が、このときにこのように信じこんでいたとすると、それはたしかに大いにありえた、そのうちちょっと恐ろしいことになるのでは。わたしはそこに危険な兆候をみて「普羅は、たしかに間違いなく大正後期から昭和前期にかけて渓谷彷徨の山岳俳人としては一級といおう」として執筆の動機におよんだのである。「だがしかし、ことをただ山の俳人にとどめて型通り論じすまして、いいものか」(「前書」)と。

だからここからは山ではない、地べたのこの人、について迫ることにしよう。すなわち戦中の普羅の句作と言動はどうか。じつはそれこそ、なんとしてもこの際に書いておくべき、ぜったいにと、さいぜんより思い定めてきたことでも、あったのである。

昭和十二年、七月七日、盧溝橋で日中両軍が衝突、日中戦争の発端となる。ザック、ザック……、いよいよ軍靴の音が国中を圧するのだ、ザック、ザック……。富山市には六個師団の一つで、北陸は富山、石川、福井各県の兵士で構成された第九師団の歩兵第三十五連隊があった。『定本普羅句集』、そこにこの期のこんな句がみえる(以下、同)。

日焼け濃く戦ひに行く農夫かな
郭公や山河色濃く兵かへる

一句目、出征する農夫への温和なる眼差し。これをみるにつけ普羅の憂国人士的な姿勢はあきらかだろう。

「去年（十二年）七月以来、富山三十五連隊からも続々と兵が出征した。此の兵達は、丁度明治三十七八年戦役に出征した兵達の子供位に当たる。事実旅順口で奮戦して凱旋し、又名誉の戦死を遂げた勇士の子供も少なくない。軍服をつければ一様に二代目の立派な兵士だ」

引用中の「明治三十七八年戦役」、すなわち日露戦争で同連隊から数多くが出征し、乃木希典大将率いる旅順攻囲戦に参加、師団所属の歩兵連隊長全員が負傷する激しい戦闘をいう。普羅は、つづけていう。

「兵は村を出て行つた。手不足を感じる筈の農村からは、少しも手不足の訴へが出なかつた。残れるものが二倍の働きをしたのだつた。農夫が士となつた様に、女も男となり、老も青年となつて働いたのであつた」（『渓谷を出づる人の言葉』以下、付記なき場合は同書から）

二句目、たまの休暇に山奥の村に帰省する兵隊さん。普羅は、軍帽の若者に渓径で出会う。

「此の日から幾日もなくして、今度の日支事変がおこり、三十五連隊のよき兵隊さんはドン〳〵出征した。自分のアルミの水呑で山清水を呑んだ兵隊さんはどうしたろうと思ふ日が続く」

十三年四月、国家総動員法公布。十四年九月、ドイツ軍、ポーランド侵攻。第二次世界大戦始まる。ここに数字がある。「太平洋戦争開戦から終戦までの四年間に、富山連隊からあらたに海外へ約五万人、内地約三万人の計約八万人の兵員が動員」(『富山県の百年』山川出版社　昭六四)されたと。あわせて同時発表、同工的作をみよう。

杣のゐる新樹の下を兵かへる
柿若葉眉目清らに兵帰へる

だがその「よき兵隊さん」はどうしたか。それからどれほどもなく、うちの多くが海の向こうは衛戍地である満州へと送られこの地を再び踏めない、ときがこようとしているのだ。「自分のアルミの水呑で山清水を呑んだ兵隊さんはどうしたろう」

いくたびか兵を送りし草も秋
いくさ長期木々の冬芽の浅みどり

ますますきな臭い世になってゆく。十五年十月、大政翼賛会発会。十六年十二月、言論出版集会結社等臨時取締法公布。そのようなときに俳句の世界においてなんとも、わけがわからない事件が惹起しているのである。

「京大俳句」事件

新興俳句弾圧事件。昭和十五年から十八年の間に吹き荒れた、官憲による俳句誌・俳人への言論弾圧をいう。まずその矛先は主として反伝統派の急先鋒の新興俳句派に向けられた。まずその皮切りが「京大俳句」事件だ。同誌は、新興俳句運動の影響下に、無季、規準律（定型と、自由律の中間の型、定型の精神をできるだけ維持しながら自由な形式もよしとする）を提唱してリアリズムを標榜、十二年以降、いわゆる「戦争俳句」を唱道実践している。十五年二月、平畑静塔、波止影夫、仁智栄坊ら六名が検挙される。以後、全国の特高警察は新興俳句運動に関わる俳人を治安維持法違反容疑で摘発する。当件は、十八年十二月の秋田「蠍座」弾圧事件までの四年間におよぶ（参照・田島和生『新興俳人の群像「京大俳句」の光と影』思文閣出版　平一七）。このことで一つ二つのべよう。

一つ、石橋辰之助に関わって。十五年三月、辰之助は、新興俳句総合誌「天香」創刊に参加。メンバーは、西東三鬼、渡辺白泉、三谷昭、東京三（秋元不死男）など。五月、「天香」三号発行直前、大森署へ拘引、京都堀川警察署に拘束される。九月、四ヶ月の拘留生活を経て帰宅。以後、六年間にわたり作句活動中断を余儀なくされる。普羅は、ときにいったいこのニュースをいかにきいたろう。反対陣営であるとしても、自分と同様、山岳俳人にかわりはない。そしてつぎのような句をどのような思いでもって読んだものであろう。石橋辰之助の句集『家』（三省堂　昭一五）に「戦争」と前書して詠む。これこそ朔太郎の「恐ろしい山」の具現句でないか。

機関銃噴けり寂寥の山を前
高地枯れぬ砲弾天に裂けながれ
軍医の眼赤し山脈の襞赤し

一つ、普羅じしんに関わって。十八年十二月、秋田県の俳句同人誌「蠍座」の俳人二人が、無季自由律でリアリズムの手法による作品を掲載して検挙された。田島和生著の前掲書にこのとき検挙された高橋紫衣風が、担当の警部から聞いた話としてこんな記述がある。この一節は小野撫子（ぶし）（一八八八〜一九四三）なる人物が、一連の弾圧事件の背後にいた事実を裏付けるためのものだが、そこに唐突に普羅の名前が登場する。

「『蠍座』関係者の検挙は、撫子の死後十ヶ月後だった。撫子の生前から特高は、探りを入れていたものと想像される。というのも、捕まった高橋は、担当の特高警部が密告者の張本人として『小野撫子と伊藤（注・伊東の誤り）月草、前田普羅、県内では小島彼誰（別号・夕雨＝撫子の門下生）』の四人を名指しで挙げた」

主義、主張の違いによる論戦、仲違い大いに結構。だが特高への密告？　最低の、ぜったい赦されない、犯罪だ。だがいまここでことの真偽におよぶつもりはない。がどうやらそれは、骨絡みともいえる新興俳句運動嫌いからあがった名前、であったのだろう。あるいはためにする濡れ衣のたぐいかどうか。

このことに関わって手元にある古い雑誌をみたい。それは「俳句研究」（改造社　昭一七・五）である。まずは「編輯後記」をみられよ。編輯兼発行人、山本三生は「敵機最初の帝都来襲は、校了前の印刷所出張中のことであつた」として訴えるのだ。「このことは戦争といふものが決して何千浬の彼方に行はれることではなく、我々の国土そのものが戦場であるといふことを、現実感情として我々の胸に一層強く植付けることにはなつたであらう。もはや前線も銃後も一つのものである。銃後の我々と雖も、大君のもと捨身して死地に赴くことが出来るのである」と。このような時代だったのだ。普羅は、この号に「国家が文学統制を要する場合——危態、世界主義的俳句論——」なる稿を寄せている。普羅は、前述したように飛驒神岡町は三井金属神岡鉱業所の職員を中心とする句会指導をしている。そのいつか、東大経済学部出身の若い幹部に、季感を必要とするために俳句の世界的進出が否められる、であれば季感に固執しないほうが得策ではないかと進言される。普羅は、これをきいて激昂していうのだ。

「日本を忘却する如き教育を受け、新らしき学問と云ふだけの自負の下に、浅墓にも日本民族性に深く根ざす文学芸術に批判を加ふる門外漢が、組し易しとして俳句に口を出す事が多くなつたのは、近年の著しい俳壇の情勢であつた。又甚だしい通弊でもあつた。従来俳句の批判が常にかゝる浅墓至極なる者の手に依り口先により、面白おかしく劣性なる俳壇人を左右した傾向は恐怖に値する。俳句は先づ壮麗だが愚にも付かない世界主義的文学論の煙幕から脱出し、せまくとも内に深く反省包蔵するの勇気を持たねばならない」

「恐怖に値する」、とまではなんとも大時代的すぎもよろしくないか。ここから神経が昂ぶること、いきおい論が飛躍するのだ。

「こゝに於て私は、文学芸術に対する国家の指導と或る時には統制とを考慮せねば成らない。……。もと〳〵文学芸術は突き詰めれば常に至上主義に達し、其処に絶対なる自由主義的世界を幻出せしめなければやまないので有る。文学芸術に至上を求むるならば、一応は此の至上主義自由思想はゆるされてよいが、危険の種子は其処に発芽して、風に逆らふ大樹たらんとしてゐる。……。私は言ふ、文学芸術にも国家統制の手を加へなければならぬ、と。

何となれば、文学芸術は飽くまでも快楽を目ざしたものである。少くとも快楽を通じて人生に浄化せんとするものである。快楽を追求する人間性は止む時が無い。そして快楽の追求のために国も民族も亡びるのである。……。民族の血と繁栄とを永遠につづける為には、文化に殊にその一面なる文学芸術に永遠に国家が統制の手を加へ、至上主義に陥らぬやうにせねばならぬ」

普羅は、そこからくだんの新興俳句弾圧事件にふれて「俳句に国家統制の時代の有つた事も忘れてはならぬ。しかも余り遠くない過去に於てだ」として以下のように統制が正当であると発言をするにいたるのだ。

「その統制が俳句の名誉俳句作者の名誉のために有つたとは考へられない。非日本的な俳句作者に対して求めた転向なのだ。一種の刑罰だつたのだ。如何にも残念な事であつたけれど、見方によれば為政者が自ら誤り育てた事に鞭を加へて不心得を叱つたのである。共に共に、祖国愛、国土報恩の思念の下に立つたならば、再び鞭を振ふものも、又鞭うたるゝ者も無いのではあるまいか。若し又文学者芸術家にして、このわきまへなき時こそ、国家は絶大なる統制力を加ふるべきである」

そんな「鞭を加へて不心得を叱つた」だとか。おっしゃるが内実は拷問をふくむ凄惨な取調であったのだ。なかでも島田青峰（せいほう）（一八八二〜一九四四）である。青峰は、十六年二月、治安維持法で検挙。留置場生活から約半月、肺結核が再発、喀血重態。釈放後三年、病状に好転をみず六十二歳で亡くなっている。このことではまた辰之助に六年間の沈黙を強いた一例をあげられよう。

普羅が密告者？　そうかどうかはわからない。だがこの一文をみるかぎり、自由主義的新興俳句を「恐怖に値する」と恐れ、官憲の弾圧を「統制力を加ふるべきである」と容認していたのは間違いない。

わけがわからない……。いったいぜんたい、この狂信的言辞とは、なんなのであるか。ほんとにまったく……。

翼賛句

昭和十六年十二月八日、真珠湾攻撃、太平洋戦争始まる。普羅は、ときにその捷報をきいてつぎのように興奮するのだ。

雪山のさへぎる海の勝戦
勝戦かくも静かに雪降れり

これぐらいならいい、だけどだんだん激するいっぽう昂じてしまって、とどまらなくなる。普羅は、もとより憂国人士であれば、いきおいつんのめりかげん句を多く吐きやまなくなってゆくのだ、いわゆる翼賛句をずっと。

春寒くグレートブリテン今か潰ゆ
雪玲瓏サタン英虜は雲を堕つ

「潰ゆ」「サタン」「堕つ」、エンペラー軍隊用語オンパレード。むろんこれらの作は『春寒浅間』から省かれている。

十七年五月、大政翼賛会日本文学報国会俳句部会発足、会長は高浜虚子。評議員には俳壇の代表的な人物とともに前田普羅の名前が連なる。ついでに小野撫子は常務理事であった。わかりやすい並びではあろう。ここでちなみに会長さんの虚子をみておこう。虚子は、戦時中は「ホトトギス雑詠」選に没頭して「花鳥諷詠」を貫いており、翼賛詠はない。でもって敗戦時に「(昭和二十年)八月二十二日。在小諸。詔勅を拝し奉りて、朝日新聞の需めに応じて」と前書するつぎの一句があるのみ。このしれっとした詠みようはどうだろう。

敵といふもの今はなし秋の月　　虚子

虚子、さすがに機を見ること聡く、身を守ること堅い。ところで前書の「在小諸」に留意されたし。虚子は、十九年九月から二十二年十月まで、足掛け四年間を当地に疎開している。小諸と、富山と、それほど遠路ではない。しかしながらこの期間の師弟に交渉はなかったようだ。虚子の『小諸雑記』（青柿堂　昭二二）ほかに普羅の名前はない。あるいはそれ以前からどれほどか、そこにはなにか確執でもあったのか。

俳壇の帝王虚子と、山水の飄客普羅と。もとよりその立ち位置にはじまり、俳句観から人間性まで、なにもかも大幅に異にするのである。ついてはここまでの記述からわかるように、いつからかその究める道を違え遠くに距たつことになった、ふたりはいかんせん相容れなくなっていた。ここでふと想起されるのは原石鼎のことである。石鼎は、関東大震災以降は神経衰弱に苦しむこと、やがて師の虚子と対立を深め絶縁している。

去る者は去れ。それこそが虚子の帝王学の金言なのだろう。来る者は来たれ。

それはさてとして。普羅は、みてきたように翼賛句をまた翼賛文をものすのだ。虚子は、ところで第Ⅰ章に引いたが普羅に対して、「赤い血を流して格闘して居る現実社会に多くの興味を持つてゐない」「遊び事にのみ真実であり得る人」とまでのたまった。それをふまえると、ここにきての普羅の翼賛は「現実社会」への懸命な参画のかたちである、とはみられないか。なんとも皮肉なことに。

憂国人士・翼賛俳人、前田普羅。わたしはもとよりそのことに一切批判的言及をしようというつもりはない。さらさらも。しかしながら、そのレッテルが後の評価に関わっているのは、いなめないと。それだけを、いまとなっては詮ないことながら、いっておこう。

わが国の山河をてらす夜振かな

戦へば漆黒の夜の明け易し

一句目、「夜振（よぶり）」は、夜に漕ぎ出でて松明の灯りで行う漁。ゆらめく漁の火が灯火管制の夜を浮かばせる。そこだけうす暗く松明に照らされてゆらめく、「わが国の山河」とは、このすぐあと襲う悲劇を偲ばせないだろうか。

二句目、「戦へば」とはいうが、そんないくら戦えども「漆黒の夜」は漆黒のまま「明け易し」どころかである。もうどんどんと戦局は拡大するいっぽうだ。

戦へる闇きになれて端居かな

夜は灯火管制で「闇き（くら）」なかなれば、縁に涼み月の光を仰いでよしとせんか。このときいったいその胸の内はいかかだったろう。

妻急逝と「辛夷」休刊と

戦の行く末は暗い。なんという、そのようなときに追い打ちを掛けるように妻の訃に接することになる、というのだ。

昭和十八年一月、長年連れ添ってきた、妻とき急逝。死因ほかは不詳。「一月二十三日夕、妻とき死す二十四日朝」と前書して。

この雪に昨日はありし声音かな

普羅は、狷介、頑固だ。良き夫ではない、そしてまた長女明子にとっても（養女は前年に結婚）、優しい父でもない。もっといえば身勝手ですらある。いつも家を空けて多く旅の空にある。そしてくわえるに女性問題もあったという。ときは、ひたすら耐え忍ぶだけだ。「昨日はありし声音」、なんという喪失感ではあろう。妻を亡くした。戦は狂おしい。

主宰誌「辛夷」が十九年四月号をもって戦時体制のため刊行不能になる。「時局に鑑み辛夷刊行を中止と決して心軽ろし、四月十九日夜風邪気味にて早寝、夢幻の間に首五と中七とを得、目覚めて直ちに下五を付し一句を完成す。心軽しと云ふと雖二十年と四ケ月の歴史を閉づるの感多少なるためか」と前書して。どうにもなんとも長目にすぎるこれは逡巡のあらわれであろう。

俳諧を鬼神にかへす朧かな

「鬼神」、死して護国の鬼となる兵らのために、われらが「辛夷」の発行を中断すること、銃後の守りに専念せんと、の謂。それにしても下五の「朦（おぼろ）」にいかなる気持を込めたものか。わかるのはいつとなし戦時体制一色になっていることである。というところに差し掛かるとそう、山に関わる文人の繋がりで、それとある名が浮かんできている。
山岳詩人、尾崎喜八（一八九二〜一九七四）である。十七年、喜八は『高原詩抄』（青木書房）を刊行。その一篇にある。

ああ、日本はついに私の墳墓の地だが、
心の山のふるさとは
行けども行けども常に碧い遠方にある！　（「高原　その五」）

山を詠う。もはやそんな時代ではなくなった。どうしようもなく山は遠ざかってゆくばかり。そういえばこの詩集の刊行前年末に太平洋戦争が勃発しているのである。軍報道班員として文学者徴用がはじまる。いったいこのさき戦争と文学の帰趨はいかがなろう。

このことに関わって、手許に激戦下に刊行された一冊の詩華集がある、つぎに引いてみたい。

『山岳詩集』

『山岳詩集』(山と渓谷社　昭一九)。まずは扉にある。「本書は祖国山岳美の高貴を称へ戦ふ銃後の山村を描き・征ける岳友を偲び・或ひは山征かば苔むす屍と・岳に錬成する岳人の風貌を歌へるものである」。目次に三十五名の岳人詩人の名前。さらに別扉に銘記する。「決戦下の祖国に捧ぐ」なんともまた大本営発表的揚言であることか。それはいったいいかなる詩華集であるというのであろう。とまれここに詩人を岳人と一名ずつみてみよう。

まごゝろをこめて、このお山に参拝に来る人々は、出征してゐる息子や、兄弟達の武運長久を
祈るのである。
日本の国はうるはしく、
愛すべき人々に充ちてゐる。
神州に敵機が飛来して来るとも、何ほどの事が出来よう。

(高橋新吉「木曽御嶽」)

雲を呼び、雷電をなびかす
名に負う岳の
劒、太刀、槍、穂高……
とりどりの鉢飾りもいかめしい大展観を踏へて
ひと際たかく
燦として雲表に擢んでた
〈日本の兜〉
——統帥・富士の頂冠を仰げ

（藤木九三「日本の兜」）


高橋新吉（一九〇一～八七）は、詩集『ダダイスト新吉の詩』（中央美術社　大一二）で「DADAは一切を断言し否定する」と宣言した、ダダイスト詩人。

藤木九三（くぞう）（一八八七～一九七〇）は、日本初の岩登りの理論書である『岩登り術』（三祥堂　大一四）を刊行した、ロック・クライミング・クラブ（RCC）創設者。

ダダイストと、クライマーと。わけもなにもあったものじゃない。しかしなんでふたりがこんな詩もどきを書かなければいけないのか。いまこれをどう理解したらいいか。紙の弾丸？　詩の特攻？　ちょっと言葉も見付からない。どうにも気持は複雑である。いまや事態は逼迫していた。ことほどさよう余儀なかったのだろう。ただわたしは哀しくなるのだ。

でここでふと前述の朔太郎を想起するのである。あのときは噴火という地異であったが、このたびは人間による戦禍によってだ。そうしてわれらが美しき山がみな眉を八の字にした「恐ろしい山」になったのである。

そんな「〈日本の兜〉／——統帥・富士……」だって！　なんたる山を貶める人の奢りなるか。あたら山と戦を結び関わらせるな。そんなふうに激するとおかしいか。ほんと山の神に申し訳ないだろう。

戦争という愚行。そいつは人を狂気に追いやった。しかしつぎのような作があるのも忘れないでおきたい。

野呂川は
甲斐にそゝぐ唯一の急流なり
その淵を遡り郵便脚夫隔日きたる
こゝとても人の情は同じからずや
人は召されたる子の便りなきを憂ひ
陰膳一つ据えてくらせり
（杉原邦太郎「野呂川偏境」）

作者について知識はない。静かな詩だ。おそらく野呂川（山梨県を流れる富士川水系早川最上流部、南アルプス市内の流域名称）沿いの村に住まい、その朝夕に未帰還の子を祈っている。静かな怒り。山に問えども、山は答えない。はたして戦は終わるのか？　翼賛詩でなく、あえていえば、厭戦詩だろう。だがしかしこのような詩はほかにみられない。

謳わんか、聖戦讃歌を、高らかに！　高村光太郎は、激して訴えた。

　天皇あやふし。
　……………
　陛下をまもらう。（「真珠湾の日」『典型』中央公論社　昭二五）

喜八は、さきの『高原詩抄』と前後し同年に詩集『此の糧』（二見書房）を刊行。表題作でつぎのように銃後におよんだ。

　芋なり。
　薩摩芋なり。

その形紡錘(つむ)に似て
皮の色紅(べに)なるを紅赤(べにあか)とし、
形やや短くして
紅の色ほのぼのたるを鹿児島とす。
…………
つわものは命ささげて
海のかなたに戦ふ日を、
銃後にありて、身は安らかに、
この健かの、味ゆたかなる畑つものに
舌を鼓(こ)し、腹打つ事のありがたさよ、
うれしさよ。

いましも兵たちは海の向こうで聖なる戦を闘っている。それら勇敢なる皇軍兵を応援すべく銃後にあって美味なる薩摩芋で腹膨らます満足なる日々よ。そのように民心を代表し献身を表明したのだろう。

喜八は、ところでこの作品を「文学者愛国大会」で朗読するのである。するとこれが絶唱として、

新聞に載り、絶賛を浴び、さかんに朗読されたとか。じつは普羅にも喜八の「此の糧」と同工の銃後句が『春寒浅間山』にある。「人謂ふ、今年の麦は質よし」と前書して。

戦するふんどしかたし今年麦

褌を締めてかかった今年の麦はとびっきり良きできよな、の謂。しかし朝夕の芋腹に、きりりと緊褌一番しようも、なんと運命は非情だ。

十八年二月、ガダルカナル島撤退。五月三十日、大本営はアリューシャン列島アッツ島守備隊の全滅を発表。普羅は、その報に立ち尽くす。

袷着てわれ在りアッツ衂らる、

「衂」は、訓読み「はなぢ」、音読み「じく」。恐ろしい字である。

富山空襲

昭和二十年、六十一歳。八月二日、B二九、百七十四機による富山大空襲。広島、長崎への原子爆弾投下を除く地方都市への空襲としては最も被害が大きいもので、死者二千二百七十五人、市街地の九九・五パーセントを焼失した。普羅は、長女と罹災。家も書籍もすべて灰燼に帰している。そのさきの大震災のそれから二度目というのだ。またふたたび裸一貫なりにけりだ。普羅は、西礪波郡津沢町（現、小矢部市）の中島杏子別邸は古春亭に疎開。このときに焼失した三千余冊に関わってここに普羅の蔵書愛の篤さをみたい。『普羅句集』にある。

花更へて本積みかへて夜寒なる

富山に住んで二年余の句だ。主は嬉しそうに「読書子にとつては書籍は城壁である」として悦に入っている。「越中の夜寒は早くよせて来る。本の積み換へも此の季節の変り目の一つの仕事である。読める見込もないが、天文台の報告書、動植物学雑誌、地質学雑誌などが山の様に座右に摘まれる。此等は透間風を防ぐと共に、書斎を真田幸村の隠棲の様に重々しくして呉れる」「本積み換へて夜寒にこもる事、只読書子のみが知る楽しみだ」（『渓谷を出づる人の言葉』以下、付記なき場合は同書から）「真田幸村の隠棲」とは、関ヶ原の戦いで石田三成側の西軍で戦い、徳川家康に敗れたために高野山の山麓九度山に配流。蟄居中に兵書を精読した行実から。さらにその頃になった本を偲ぶつぎの句がみえる。

人の日や読みつぐグリム物語

「人の日」、すなわち「人日（じんじつ）」は、陰暦正月七日の節句。七種（ななくさ）の粥を祝う日。「今日は『七草』と云つて終日書に親しめる事も出来た。年の暮からグリム物語も巻数は非情に進み、気の弱い皇子も、もろくも魔法の破れた妖婆もすつかりなじみになつた。／七草の夜で正月の静かさはつきるのである。グリムの国の沼の辺に逍遥する事も七草の夜があけてからは出来ないであらう」

こんなにも自閉的（オタク）とまでいえる狂書家なのである。それらずっと長い年月の蔵書のぜんぶが一瞬に火焔に包まれたという。いやほんとうにその気落ちようったらないだろう。そして玉音放送である。

八月十五日、敗戦。聖戦を訴える者はというと、いかように、天皇の声を聞いただろう。ここでまた著名の人物に登場をねがおう。

斎藤茂吉（一八八二〜一九五三）である。茂吉は、幼時の出羽三山に登拝から多く山岳詠を遺した山岳歌人だ。

くろがねの兜（かぶと）かむりていで立ちぬ大君（おほきみ）のため祖国（おやのくに）のため　（『寒雲』古今書院　昭一五）

十二年七月、日中事変勃発。一ヵ月後、茂吉は、聖戦謳歌の魁をなすこの一首を含むいわゆる応制（勅命を奉じて詠進する）和歌を書いた。以来、敗戦の日まで数多くの翼賛詠を書きつづける。かくなれば眺めやる山までが、ひどく強ばった面もちとなる。
十四年十月、皇紀二千六百年祭前年秋、茂吉は、鹿児島県から招待され、高千穂峰の頂上に立った。

大きなるこのしづけさや高千穂の峰の統べたるあまつゆふぐれ　（『のぼり路』岩波書店　昭一八）

天孫降臨の地の「高千穂峰」。聖なる大君のごとき峰が目路の限りの山々を統率する大いなる静寂の夕べよ。ここには茂吉の山岳信仰が戦争の激化につれ、国威発揚を謳うナショナリズムと結びつき、国家神道の一翼を担うにいたる道筋がみえる。戦は人を狂わす。普羅もまたおなしに蹉跌をきたしたのだ。敗戦前夜のこの山岳讃歌。無慚な余りにも無慚な句。

「遣らふ術なし」
茂吉は、「天皇陛下聖勅御放送（八月十五日）」として日記にしるす一首に詠む。

くれなゐの血潮の涙はふるともこの悲しみを遣らふ術なし

（『斎藤茂吉全集第三二巻』岩波書店　昭五〇）

茂吉は、このときの刻まで戦の勝利を信じて疑わなかった。それだけになおその悲痛なることといったら。なんといかんともしがたく「遣らふ術なし」というほかないありさまか。ことはひとり茂吉にかぎらない、喜八も、普羅も、それどころか国民みなおなしだ（参照・『人はなぜ山を詠うのか』）。八月十五日、戦争終結の詔書。ともあれわが国の民は誰ひとりのぞかず、みんながみんな地に膝を落としたのである。われらは敗れるべくして敗れたのだ。一億総懺悔。普羅は、ときにこの事態にどんな感懐をおぼえたか、そこいらの消息はすべて、まったく不明なままである。

普羅は、ところでこの一日から一ヵ月余りした九月下旬に富山を出て翌月上旬にかけて浅間に逗留しているのである。こんなときにどうして、どうやら当地の俳友らが斡旋した浅間高原は鎌原村への転居話に心動かされた、そのためだったらしい。このことからそれは懸命に落ち着き場所を探し求めていたのがわかろう。しかしながら話はまとまらず終わったようだ。

詮ないが、辛すぎる。ついては『春寒浅間山』集中にはその折になった句がかなり数多く収録されている。そうなのだがさすがに、このときの作となると採れるものは、ほとんどないのである。

とてもひどく憔悴、消耗していたのだ。そんななかで注目されるのが、なんと大蛾を詠む群作という、それをここに俎上にしてみたい。これをいかに読まれるだろう。いったいこんなふうに蛾を詠んだ句がこれまであったろうか。

まずは「昭和二十年九月二十九日夜、吾妻川畔の宿にあり、一壺は八分を剰して小酔」と前書する「蛾と林檎」十七句から。

舞ひ果てゝ大蛾の帰へる闇夜かな
破れたる翅もたゝむ蛾の踊
ビロードの夜会服つけ大蛾来
一と踊り命がけなる大蛾かな
舞ひすみし大蛾の腹に浪うてり
舞ひ果てゝ林檎をすべる大蛾かな

又、世相を想ふ
世の中に忘らるゝ頃大蛾去る

つぎに「昭和二十年十月三日朝、軽井沢駅頭に蛾の大群の死せるを見る、なほ生きて天に翔けんとして手足もて空を掻く」と前書する「蛾と落葉」四句。

顔見せて裏がへしなる大蛾かな
大蛾舞ひし夜も遠ざかる軽井沢
　　貴族某の来る日なりと
うらがへし又うらがへし大蛾掃く
舞ひ済みし大蛾もまじる落葉かな

いやいったいこの「大蛾」はといったらなに？　さきに「いびつな感じ」とおよんだが、これはちょっと変になっているのでは。面妖、なんてものでないもっと、不吉。浅間の地貌への壊滅的なる戦争の傷痕。聖戦に「舞ひ果てゝ」いま累々とも「裏がへしなる」、瀕死の「大蛾」はというと、焦土の〈日本〉であり、そしてまた、傷心の〈自身〉である。

　さらにまた「林檎」と「落葉」が象徴するものは？　〈希望〉と、〈失意〉か。「わたしには、わからない、よくそこらは。これについては読者のみなさん、おのおのの想像にゆだねよう。

　ところでこの集はつぎの二句をもって終わっているのだ。「昭和二十年九月進駐軍草津視察」と前書して。

秋晴の白根にかゝる葉巻雲
秋晴や草津に入れば日曜日

なんとも辛すぎる句ではないか。いったいこれをどう解したらいいのだろう。ちょっと口ごもり黙るしかない。

一句目、「葉巻雲」は、浅間の煙の吹き様の造語か。あえてこれを深読み曲解するとどうか。どういうものか葉巻ならなくもやはり、マッカーサー最高司令官さまのあの、コーンパイプを想起させないだろうか。二句目、「日曜日」は、まことに句姿平明なるも、いったいぜんたい何をいわんとせんか、まったく句意不明なりだ。ただもうただ敗戦痼疾、PTSD、心神喪失みたくあるか。いやほんとうにこの「遣らふ術なし」あらげないありさま……。

X　大和　敗戦

孤影悄然

前田普羅。聖戦を、ひたすらに勝ち戦を信じつづけた、国士だ。いったいぜんたいその敗戦の衝撃はいかがであったろう。つづいてそこらを辿ってゆきたくあるが、どうにもちょっと筆がしぶってならない。なんでまたそのようになるのか。それはもうはっきりと仕合わせからほとんど見放されたものであった。そういうしだいであるからだ。

戦後の普羅はというと、どうみてもどうしようもなく、落魄の孤老であった。もはやそのさきにあった、渓谷を探索する飄客の面影は、あるべくもないのである。いやまったく、彼は昔の彼、ならずという。

昭和二十一年、六十二歳。三月、わけがわからない！　そんなまたもや火難に遭遇するというのだ。どうなっているのか？　なんと仮寓の近くで火の手があがり炎の舌に巻かれ類焼したと。いまだそれほど多く蔵書類がなかったのが不幸中の幸いといおうか。いったいなんたる運命なるかなである、ほんとなんとも三度までとはなんで。あんまりなことじゃないか、これではまったく仏も神も恨みたくなろうもの、ひどいなんてもんじゃない。

焼け出された父娘はというと、礪波地区は倶利伽羅峠山麓の「辛夷」門下宅の、庇を借りて転々とするのだ。こんなぐあいでは戦争でいたぶられた老軀にさぞこたえよう。疲れが、積もる。じっさいこの頃の句にはやるせなくも寄る辺ないようなひどく辛い思いがにじむ。以下、『定本普羅句集』から。

故郷はいづこ月下に蛍追ふ

この夏の「六月十三日の夜、明子と二人田畔に出て蛍を追ふ」と前書する。飢餓線上にある焼け出された罹災父娘。「故郷はいづこ」、ここにきてひとしおその想いをつよくしたのだろう。横浜か、東京か、当地か。はたまた先祖の地は関村なろうか。あるいはもっとひろく、焦土と化した故国、のことをいっているのか。もうどこにも「故郷」のあてとてない。ときにぽつんぽつんと点る「蛍」の尻のほのめきさといったら。ほんとじつになんとも暗く塞ぐ灯りというものではないか。

青林檎むいてかしづく父の酔

おなし頃の「家に留守せる明子」と前書する句である。句解なんぞは、要無しだろう。どうにもとどめなくウルウルしてきてならない。

かく生きてイヌノフグリに逢着す

二十二年、「九月草加途上」と前書する、おそらく上京の途次だろうか。あるいは戦で散った縁ある若い誰かを弔ったのか。「イヌノフグリ」は、春の路傍や畦道に瑠璃色の小花を綴る雑草。地べたの花。「かく生きて」、というここでもまた、頭を垂れて俯き歩く人の虚ろな胸、がのぞくのである。想うことすべてが、悔われてならない。辛いことばかり、苦しいかぎりだ。同年作の句にある。

舌端に追ひ廻さるゝ瓜の種

これなどはふつうには剽軽の句ととられよう。がどこかであえてそれを狙ってしたみたいでないか。そのようにみるとその胸のうちはどんなものだろう。それこそひどい鬱屈の「種」がうずいてないか。このことに関わって『新訂普羅句集』につぎの句があった。

西瓜食ふやハラリ〳〵と種を吐く

普羅は、そのさきは戦前のこの句について「西瓜の国、越中に来て居る」として書いている。「例の如く爆音勇ましくカブリつく。種もろ共、さうして種は巧妙な口中の作用で口から吹き飛ばす。其の時、種はハラリ、ハラリと飛んで行く」

このときの「西瓜」の種吐きは微苦笑的である。だけど「瓜の種」のそれは神経症的でないか。また同工に「フッホッと瓜の種吐く老の口」の一句がある。こうなるともう癇癪もちの歯なしの老爺まがいもいい。

戦争責任

空襲と、敗戦と、火難と。まさに短期日の三重苦である。さらにいま一つあげよう。それは戦犯ならなくも戦争協力者としての問題である。普羅は、そこらのことは書き残してはいない。だけどおもうにその胸の奥はいかがだったろう。

周知のように終戦直後から文学者の戦争責任を問う論議が盛んになる。作家の火野葦平、吉川英治、山本有三ほか、詩歌人では高村光太郎、斎藤茂吉を筆頭に指弾を受けた。俳人では文学報国会俳句部会会長高浜虚子以下、山口青邨、水原秋桜子、小野撫子、富安風生などの名前が挙がった。もちろん普羅もふくむ。しかしながらこれらの俳人たちが俳壇の有力者であったために、結局、うやむやのうちに追求の矛先がにぶり終息をみているのだ。くわえていま一つの理由で追求が緩むことになる。それは桑原武夫「第二芸術—現代俳句について—」(「世界」昭二一・一〇)である。するとときに俳壇はこぞってこの論争にやっきとなる。それにしてもなんともこの間ずっともう虚子御大はひたすら黙り(だんま)をきめこんだままという。

などとはさて戦争責任をめぐって。斎藤茂吉は、つぎのように詠っているのだ。

老の身も免るべからぬ審判を受けつつありと知るよしもなき　（『白き山』岩波書店　昭二四）

茂吉は、「審判」がくだる日がくるのを覚悟していた。このことを留意しておこう。でこの戦争責任問題について、なかでも厳しく身を処したのは、やはり高村光太郎であろう。光太郎は、敗戦の秋から岩手県稗貫郡の寒村は太田村字山口で自己流謫の生活に入った。

死の恐怖から私自身を救ふために
「必死の時」を必死になつて私は書いた。
その詩を戦地の同胞がよんだ
人はそれをよんで死に立ち向つた。
（「わが詩をよみて人死に就けり」『典型』）

とそんなにも己の暗愚を責める日々を送ることになる。かくしておよそ九ヵ月のインクも凍る炉辺沈思のはて、「暗愚小伝」六章二十篇（「展望」昭二二・七）を発表するにいたる。

さらに前章に引いた尾崎喜八である。喜八はというと「恥を忍び、おもてを伏せて過去一年、私は影のように生きてきた」として綴るのである。「敗戦の世はさまざまだった。かつて私と親しくし、私にいささかの友情をつくさせた人々が公然私を罪人と呼び、石をもって衢(ちまた)に私を打った」「……私は死者として忘れ去られ、復活者として全く無名に生きたかった。この世に対しては言うまでもなく、苦楽を共の妻にさえ。我が子にさえ」（『高原暦日』あしかび書房　昭二二）

普羅は、閉鎖系は俳壇下の、住人だ。そうであったから喜八ほどにはひどい追求にさらされない。だがしかし、まま周囲の刺すような視線を感じた、はずである。そのように普羅にとってはまことに生き難く身を縮めるようにすごす年月だったろう。

棟方志功

頭を垂れる日がつづく、臍を噛む、暗く屈した日がつづく。とはいえやはりどこだかで、仏さまだか、神さまだか、ごらんなっておいでなのか。そのうちじょじょに、ちょっとずつだが頭をあげていいて笑みがこぼれることも、なくもないのである。

昭和二十一年十二月『春寒浅間山』、二十二年六月『飛驒紬』、ようやくのこと長年の念願の両集を上梓させたのである。これがなってほんと、敗戦で深傷を負ったはて生きながら屍に同然の孤老は、ほっとしたであろう。ところでこの時期の俳壇をみてみよう。二十一年、アプレゲールの女人鈴木しづ子『春雷』、二十三年、新興俳句の鬼才西東三鬼『夜の桃』を刊行。これからも普羅のその古色ぶりが際立つのである。
普羅は、だがしかしがんとして古色をもってよしとした。くわえていま一つ喜ばしいことがある。これをみればよくその頑固さにおもいおよぼう。

二十三年、六十四歳。一月、棟方志功（一九〇三〜七五）とのコラボレート板画句稿『栖霞品』がなっているのである。稿銘は、西礪波郡福光町の福光城跡（栖霞園）から。これは志功が普羅の二十句を選んで一句ごとに精魂こめて彫った力作板画である。しかしなんで志功と普羅が出会ったものなのか。あまりにも唐突にすぎよう。いまこのことに関わって少しふれてみたい。

二十年四月、志功は、戦時疎開のため東京から福光町（現、南砺市）に移住（二十六年まで在住）。翌年、同町に住居を建て、自邸を「鯉雨画斎」と名付ける（また谷崎潤一郎の命名にて「愛染苑」とも呼ぶ）。疎開を勧めたのは、以前から志功の才能を高く買う高坂貫昭（光徳寺住職）であり、その縁で住職と親交のある普羅と志功は交流を深めた。志功の回想にある。

「前田氏は、東京の人でありますが、いかにも東京っ子らしい、詩人の生活だけに生き甲斐を感じているといったような作家魂をもっていました。わたくしと二人は、よく行き来しました。今でも思い出されるのは、雪の降る夜、炬燵にあたりながら、地酒をくみかわし、酔いがまわってくると、二人は情熱を抑えかねて、抱きあって東京を語り、越中を話し、俳句、絵画、演劇をまくし立てたこともありました。そうして一睡もせずに夜を明かすこともたびたびありました」「普羅、石鼎、蛇笏、とそのころのホトトギス派、虚子三役、三羽烏といわれた人でありました。――そして詩人の優しさと、どうともならない哀憐を内に秘めているといった方でした。また、烈火のようにはげしい気性の方でした」（『板極道』中公文庫）

普羅を当地での先輩として、ずっと心底から敬愛する志功。むろん、この異能の人はというと先輩とおなし立山を崇めてきた。志功は、句歌ともによくし玄人はだしだった。ここで志功の一句をみよ。

立山の北壁削る時雨かな　　志功

いやなんとあの板画のような奔放さではないか。わたしはこの句から第Ⅳ章で引いた普羅の言葉を浮かべるのだ。「破壊の天才常願寺川に至つては、今に至るも巨豪立山の懐に食ひ入り、立山を削り取つて居る」。志功は、ときに「辛夷」社賓同人だった。そしてもちろん同誌に表紙絵も寄稿しているのである。

この七月、明子結婚。これはちょっと嬉しくも寂しいことだった。ひとり娘を嫁がせると、まるきり独り身となった。

「旅人」から「旅僧」へ

普羅は、これからのち自らを「旅人」と称し多く西国を巡るようになる。伊勢と、奈良と。それはかねてから知るこの地に住むふたり、知友と門下が普羅の窮状に心痛め、こもごも温かく迎え入れてくれるからだ。

伊勢、三重県員弁(いなべ)郡中里村（現、いなべ市）臨済宗龍雲寺、そこの住職として昭和二年より親交のあった僧侶長尾佳山がいた。奈良、大和関屋（現、香芝市）、そこには古くからの門人で戦後に音信を再開した奥田あつ女がいた。

普羅は、以後、しょっちゅうこの両者の許を訪問することになる。するうちにそこが仮寓先であるかに長逗留しているのである。いやほんとうにもう堪えられないのである、いまとなっては越中の門人宅を転々としつづける、そのことにほとほと疲れてしまったのである。

秋風の吹きくる方に帰るなり
かりがねのあまりに高く帰るなり

じつはこの句は大和関屋から帰りのものだ。「帰るなり」、とはいうものの帰る処がないようなぐあい、ほんとうもう寄る辺ないかぎりではないか。そうして越中に短期日いてまた尻も温まる間もなく大和関屋を訪ねるのだ。でもってそこで年を越すというのである。

旅人に机定まり年暮る丶

二十四年、六十五歳。一月、転々暮らしの年の暮れに越年先に温かく迎えられ過ごし明けた元旦。「机定まり」というほっと安堵したようす。「旅人」らしい、吐息だろう。ようやくのこと落ち着いて机に向かえ筆を執れるのである。これでいつものように新しい年を迎えられるというしだい。つづいて龍雲寺での一句をみたい。ここではちょっと様子がちがうのである。

旅僧の夢に泣き居る昼寝かな

普羅は、みるように自らを「旅人」よりもさらに厭離穢土をおぼえる「旅僧」に擬えているのだ。あるいはここにきて出家願望がきざしたろうか。それにしも「夢に泣き居る」とはどうだ。ちょっと辛すぎよう。普羅は、季節を変えいくたびも西国を歩いてあかない。両人のもとをわたり歩くようにして居候することもままある。

だがどうしてそんなにも足繁くしつづけたのだろう。そこには前述の事情があった。くわえてある感情が目覚めてきている。

それはいつとなしに大和へそこはかとない、いうにいわれぬ憧憬をおぼえたことだ。ひょっとすると大和こそがこれまで求めあぐねたわが〈故里〉ではないのかと。普羅は、関東者だ。それでもって齢を重ねているだけに、古の都をいっそうつよく思い慕るようになる。そしてそこには、心を許せる友、がいるのである。

保田與重郎

文芸評論家、保田與重郎（一九〇一〜八一）、逗留先の龍雲寺や奥田宅、そこからほど遠くない地に住むこの人を訪ねることだ。與重郎は、奈良県磯城（しき）郡桜井町（現、桜井市）在。昭和十年「日本浪曼派」を創刊、戦前戦中の思想・文芸界に指導的役割を果たした。與重郎の知己をえたのは交流のあった志功から紹介されてである。志功の最初の装丁本は與重郎の『日本の橋』（芝書店　昭一二）だ。当時、與重郎は、公職追放で自邸に逼塞蟄居。畑を耕すかたわら、筆を執っていた。ときにいったい両人はどんな会話をかわしたろう。ともに落魄の同胞（はらから）である。それはもういっぱい話すべきことはある。あるいは国破れてなお美しくある祖国についてか。ではなく戦後の皮相な時世にふれてか。

そこでつぎの句をみられたし。ここにはそれと大和巡礼の成果と、ここでは詳述しないが、與重郎美学の影響がうかがえよう。

金堂の柱はなる丶秋の蝶
秋篠の人の早寝や落し水

一句目、「金堂」は、唐招提寺。いましもその大円柱に止まった蝶が離れよう一瞬間の羽のひらめきよう。これをいま、凝視力、といおうか。

二句目、「秋篠」は、秋篠寺。そこの近く静かな夜に田圃の落ち水を聞く物淋しさ。これは、聴覚力、なるか。

ついてはつぎのように想像してみるのである。普羅は、あるいはひょっとして大和を逍遥しつつ『日本の橋』のこんな一節に感応していたのではないかと。

「……畿内でも大和河内あたりの、眼のとどく限り耕された土地ばかり、眼を遮る木立や林さえない風景、その中の美しい白壁と、農家の特殊な切妻型の藁葺屋根に瓦葺の飾りをつけたりした家々も、他で見られぬ日本の田舎といった感じで、まことに古畿内の古い文化のように美しい眺めである。そういう風土に私は少年の日の思い出とともに、ときめくような日本の血統を感じた」（講談社文芸文庫）

というところで、さきの志賀重昂の「登山の気風を興作すべし」を想起されよ、どんなものだろう。

「山に彩色の絢煥あり、雲の美、雲の奇、雲の大あり。水の美、水の奇あり。花木の豪健磊落あり花木の豪健磊落あり。万象の変幻や、此の如く山を得て大造し、山を待ちて映発するのみならず、其の最絶頂に登りて下瞰せば、……」

重昂の峻嶮な山岳から、與重郎の柔和な大和へと。老残の普羅、おぼえなくそのように回心しているとみられよう。

大和なる千種の錦しきて座す

「大和」のあざやかなる錦秋、「千種」のそのひとひらの落葉のさまをたのしむ。負け戦に「アツ觝らるゝ」と膝を折った。あのときの無念さからようやく頭を上げ歩みはじめえた境地といえるか。

「大和閑吟集」

それからなおいよいよ、大和とその心を生きる人への憧憬は、つのることになる。普羅は、そのいつかタイトルも「大和閑吟集」なる今様風詩篇をものするのである。七聯仕立て、それの初聯と終聯にある。

たつた榧の実一と袋
吉野の榧を一と袋
径をたかぶる人よりも
榧炙る人ぞなつかしき。

…………

すでに御空も明けぬれば
通夜の弘誓もかなひけむ
長谷の御寺に散る花の
ほのぼのとこそ匂ふなれ。

「榧炙る人」、これが誰だか、保田與重郎、その人である。おそらくそのさき饗応の品も貧して主はというと「榧の実一と袋」のそいつを炉端で炙り客に出し歓談したのであろう。炙った実をコリコリと齧って談はつきない。それもいつか「すでに御空も明けぬれば」というほどに。與重郎は、のちにそのときの席のようすを、つぎのように懐かしくしのぶのだ。
「その日、普羅さんのために榧の実を炒つた。上手に炒るのはむつかしいといふと、むつかしいことはない、ていねいにあくまで炒つてをればよいのだ。越中では餅をやくのに、金網の上で三十六回うらおもてをかへすものだと云つた。しかし火のかげんはむつかしいだろふと云つた。そしてこれはどこの榧かと問ふので、宇陀の榧といふと、普羅さんは、自分にとつては、これは吉野の榧だ、さう、吉野の榧の実だと云ふ。
私の気持では吉野の榧でなければならないといつた普羅さんは、その吉野の榧の実を琴歌につくつた。それののつた冊子は、私に送つてこなかつたが、人に教へられた。今様は、巷に道を説いてゐる人より吉野の榧の実を炒つてゐる人がなつかしい、という意味のものだつた」「普羅さんは、炉ばたにうづくまつて、埋火をかきおこして吉野の榧を炒つてゐる方が、激情のことばを筆にのせてゐるよりよいのだといふことを私に教へようとしたのである」(『現代畸人傳』新潮社　昭三九)
「宇陀(うだ)」は、奈良県東部、宇陀市および宇陀郡周辺を指す地域。近接する吉野郡東吉野村も宇陀に含めることがあり、そのさき宇陀郡六町村と東吉野村による合併構想もあった。しかし村民の「吉野」という地名消滅に対する反発で頓挫した経緯がある。普羅は、このこともあって地貌からみるにつけ宇陀の榧ではなくあくまでも「吉野」のそれだという。もとよりわたしには、そこに込める心映えと言い張りの微妙さの違いなど、よくわかりっこない。だがこのこだわりこそ普羅の面目なのであるのであろう。

XI 東京　戦後

捨てかねし命

戦は敗れたが、しかしながらいささかも、心は屈しない。保田與重郎は、『日本に祈る』（祖国社昭二五）を上板。なおその魂魄の漲るところ以下のように「序文」に綴っている。

「紙無ケレバ、土ニ書カン。空ニモ書カン。止マルトコロ無ケレバ、汝ノ欲スルマヽ、風ノマニ〳〵吹カレユケ」

これはまた、そのまま普羅が胸中にひめたことわりだ。なるほど「風ノマニ〳〵」とはいう。普羅には、だけどそれがどうにも、横ッ腹に空いた大きな穴に寒い風が吹く、ようなぐあいだったか。いまだ傷は癒えない。ついてはつぎの「独り細道を歩す」と前書する句をみられたし。

何事ぞおけらおけらが皆逃ぐる

このおかしさ、あたふたぶり。しかし、どこだからら哀しすぎないか、これは。そのさき第I章で「新涼や豆腐驚く唐辛」という句をあげて江戸前の滑稽味にふれた。そうしてその芸の広さにおよんだが、どうだろう、はたしてこの句は笑えるものなのか。

「おけら」とは、俗語で無一文のこと。「おけらの七つ芸」または「けら芸」とは、遊泳、疾走、跳躍、飛翔、穴掘り、などなど多芸なるもいずれも一流でない、いわゆる器用貧乏をいう。まったくその芸の広さがここでは痛く哀しいのである。いわずもがな〈自嘲〉なるなりだ。

つづいて「十月三十日、越中城端町にて霰まじりの時雨に遭ふ」と前書する句をみたい。

捨てかねし命をありく時雨かな

雪国越中。この季の「霰まじりの時雨」は冷たい。だがしかしそんな「捨てかねし命」とまではどうして？　ちょっと聞き捨てならない。いまだ敗戦の喪失感は深甚だった。あるいはどこかで、そんな命を捨てんとまで思い詰めよう、ことがあったか。わかるような記述はまったくない。普羅は、ここにきてもやはり、江戸前の人間であれば私小説まがいのお涙頂戴な告白、をよしとしなかったか。

ところでまたこの年も大和関屋で越すことになるのだ。がいうまでもなくそこは永住の地でも終の棲家でもありえないのである。大和に居っぱなしでいられない、やはりさいごはなんとしても、越中に帰らなければならない。
でもって越中に辿り着いたのは一月中頃だろうか。「福光町の雪上にて」と前書する群作がある。あるいはときに志功を訪ねる途上であったろうか。

凍蝶の落ちたる如く雪に立つ
凍蝶の地を掻く夢のなほありて

「凍蝶」は、寒さで凍てついたような哀れきわまりない冬の蝶。もちろんいわずもがな普羅自身にほかならない。しかしなんとも句解におよびたくないほど悲壮ではないだろうか。行方さだまらず転々としつづける普羅。この間に前述の中島杏子を中心に「辛夷」有志で老師の新居建築を進める奉加帳が回る。
「三度罹災、三度居を転ずるの止むなき辛酸を舐められ、現在は雪深き越中の西端、津沢町の仮寓に不自由を忍びつつ清閑孤独の生活を続けらるる普羅安息の小庵を新築して差し上げたいといふ一念が、誌友各位の熱心な支持を受けて……」(「辛夷」記事　昭二四・五)
このことではきっと志功の陰の骨折りもあったのだろう。想像に難くない。周囲は篤かった。しかしこれもどんな事情があってか、あるいはそこに本人の神経症的な反応があったものか、いつとなく沙汰やみとなっている。わけがわからない。

首都漂着

昭和二十四年四月、そのさきより希望久しくしていた、龍雲寺の門前に独居小庵を構えよう案件、これもなにあってか首尾良くいかない。普羅は、ひそかにこのとき臨終の地を大和と深くさだめていたろう。だがしかしその夢も、あえなくも結ぶことなく、ついに消えはててしまった。さきには敗戦から旬日ない鎌原村への移住がご破算になった。

しかるに越中、大和もまただ。いやその辛すぎる胸のうちを思われたし。かくなれば少時の縁の首都のほかなき。というしだいで長尾佳山の妹の世話で東京都杉並区天沼に移転するはこびになる。灰燼に帰した東京。エログロ、進駐軍、パンパン……。かけらも江戸の面影などない。どうにも首を縦にふれない。だがしかし致し方なかった。

そのあたりのひめた感情については、わたしなど忖度しえないところだ。普羅は、それでいったい何事か悶着があったものなのか、だいたい難しい人なること、どれほどもなく天沼に長居ならなくなっているのである。

一ヵ月後、普羅は、しばらくそこから縁者（継母の連れ子の義姉）が住んでいる、いまこのときも通勤の圏内とはいいがたい、うらさびれた西多摩郡増戸村（現、あきるの市）に転居している。でそこがなんとも、物置を改造した粗末な家屋、だというのである。

だがこれなど焼け跡では当たり前のことだろう。だけど老軀には責苦である。普羅は、もとより山峡を歩けば蒲柳の質ではない。たしかにいまも気骨ばかりはあるのだ。でもこれから後はどうたろう。もはやいかんせん身体がついてゆかない。そのうえにかねてより持病があり腎臓をわずらっていたのだ。

接骨木を煎じこんこんと梅雨に眠る

荒梅雨に立たす接骨木観世音

接骨木(にわとこ)は、生薬として茎葉と花を煎じて飲むと病に効くとされる。だけどなんとも、寂しすぎよう句、でないかこれは。「接骨木観世音」、そんなにまでして縋るようするとは。またこの頃にこんな句がみえる。

彩足らぬ蝶々出でゝ弥生尽

「彩足らぬ蝶々」は、発育が不全なまま世に出てきた弱々しい一羽。ゆえにこれは余命もいくばくもない〈自身〉なのであろう。いまやもうそんな事態にいたっている。それなのにまたまた転々というしだいである。そこにはこんな話もつたわっている。

「二十五年十二月、前橋の北沢肇世と結婚せしも、二、三旬にして別る」（年譜）

そこらはわからなくはない。まったくもって頑是ない難しい性格というのである。しょうがないことなのだろう。

二十六年、六十七歳。十月、増戸村の改造物置から、その昔から多摩川の「矢口の渡し」の渡船場で知られる、大田区矢口に転居。急造の九坪半の新居。とはいえバラック同然の安普請であったのだろう。そしてなんとその翌月には富山の句会へと出向いているのである。これがだけどこの頃の交通事情は病弱老人には酷くにすぎるものだ。おもうによほどの孤独と人恋しさがつのっての覚悟の再訪であったのだろう。このときの「井波にて」と前書する未発表の句をみられよ。

草の実の色をつくして懸りけり

「井波」は、井波町（現、南砺市）。たまたま目にした名も知らぬ草がいっぱい鮮やかな彩りの実を付けている、なんたるその生の輝かしさなろうか、の謂。「色をつくして」とはそう、命をつくしてなること。普羅は、ときにおそらくはっきりと観念するものがあったのだろう。

帰路、大阪へ。このとき桜井の保田與重郎、奈良の歌人前川佐美雄、このふたりを訪ねる心づもりでいた。佐美雄は、「日本浪曼派」同人、與重郎とおなし戦争協力のかどで蟄居中だった。

はじめより近代を憎み否み進歩なき今日のわが生高し　佐美雄

このように詠われる志のありよう。これこそまた普羅のものだろう。だけどどうにも体調すぐれなく帰京をやむなくする。このときばかりは心が残ったことであろう。後ろ髪を引かれる。これがおそらく最後の大和となるのではと。でここでこの秋の大和関屋の句をみられたし。

よき顔の天人のごと鶫堕つ
軀を懸けて人を憎めり鶫の目

霞み網（山間の渡り鳥の通路に張って鳥群を絡め捕る装置。現在禁止）に絡み、死ぬ鶫（つぐみ）を詠む。これをどう解されようか。「天人のごと」「人を憎めり」。おそらくこの「鶫」とはほかでもないいまた〈自身〉なのだろう。そしてこの見えない網はというと〈運命〉であるのか。いやなんともその胸の奥を推し量れば辛くにすぎるのである。

鳴いて堕つる鶫が見ゆる三輪の山
飛んで来て倒さに懸る鶫かな
三笠山森閑として鶫堕つ

奥山

昭和二十七年、六十八歳。一月、年があらたまっても病状はあらたまらずなお臥しがちになっている。ときにつぎの句が詠まれている。

オリヲンの下の過失はあまり小

この「過失」とは、いかなる過誤なり失敗をいうのか。あるいは戦時の所為のことか？　そうしてそれを「あまり小」であるとはどうか、ひょっとするとその逆をいっているのではないか。もはやさきがみえている。ここにきて、あたら眼がさえきって眠られないことが多かった、のではないか。いかんともしがたくある。

一月末、普羅は、どうしてもひとり寝の床が厭わしかったのだろう。心身がひどく思わしくなくも、俳友に招かれ無理を押して、浅間のほうへ向かっている。三原から、草津へと。その折の句にある。

山川の凍れる上の竹の影

普羅は、ここにきてなおも渓谷をめぐろうという。厳寒の渓谷。ものみな色を無くしたそこの「凍れる上」にしなだれる「竹の影」のありよう。これはそのまま〈己の影〉であるのだろう。この厳しい末期の眼に留意せよ。ときに長期の滞在を望むも、だが容体を悪くし数日で帰京となる。かくしてじつはこれが、渓谷の飄客の最後の渓旅、となっているのである。

帰京後、医師から水胸症（胸腔内に滲出液の貯留、腹側の肺が機能を失うため、呼吸困難が生じる）と診断される。二月半ば病状亢進し一週間ほど危篤状態に。中島杏子の全句集解説（前出）にある。

「矢口の先生の生活も無頓着な不健康な惨めなものであったらしい。火鉢も炬燵もなく混炉に練炭を仕込んで暖を採って居られるのを俳友が見付けて、驚いて改めて差上げたと言うこともあった。私が矢口に見舞った折りは奥の六畳に先生は寝がさも小さくふせって居られた」

四月、脳溢血を併発。それとはなく死の足音が迫ってきている。ときに「羽蛾昇天」と前書する句にある。

昇天に遅れし羽蟻かくやくと

この「かくやく」とは、漢字にすれば赫奕であろう。ひろく蟻類は交尾期には羽を生じ空中に群れ飛んで交尾をする。句は、やっと羽は生じたものの、なぜか飛び立ちえず陽に曝されて、よろけ羽を曳くばかりか、の謂。昇天せんとしようにも、一様ならずのことわり。哀れなる蟻……。ここにはその昔の科学少年が甦ってきている。羽蟻らの生の歓びの飛翔。ぼうっとその群を見やっているとつぎつぎと句が生まれてくる。

羽蟻たつや已に地上のものならず
たかぶりの去りたる羽蟻翔けんとす
羽蟻たつ時あめつちの震ひけり
羽蟻発つや聖霊のごと輝やきて

いわずもがなこの「羽蟻」の姿はというと普羅その人にほかならない。しかしなんたる予兆能力のすることとか。

二十八年、六十九歳。さらに病も重く臥して詠む春の句をみよ。

花散つてゐる奥山の恐ろしき

普羅は、渓恋い病なれば少なくなく「奥山」を詠んでいる。ちなみになんとこの一語を含む句が二十の数に余るというのである。万葉以来とはいわず明治以降、これほどまで「奥山」詠をものした歌人俳人がいるものか。こちらのよく知るところではないが珍しいだろう。

奥山に風こそ通へ桐の花
奥山に逆巻き枯るゝ芒かな
人の世の奥山の草枯れて立つ
奥山の菫を染むる風雨かな

みるとおりどの句もみな、しんと静もるばかりである。ことりとも音ひとつない。じつに森閑としてあること視ればみるほどに退いていくような遠景である。いったいどうだろう、これら一連のそれこそ「恐ろしき」までのその寂寞としたありようといったら。普羅は、そんなどういうか、ほどなく「奥山」の彼方へ旅立つ自影を幻視している、みたいではないか。またつぎの句はどうだろう。

　孔あけて火山鳴るなり冬の風

宙天に大きな孔を空ける火山。まずは留意されよ。これがはるかな高度、おそらく遠くも数千メートルから離れてする、視線であることを。わたしは考えるのだ。こんなぐあいに人が空の眼をもつとき、たぶんその人は死に近くあろうと。でいましもその孔に激しく寒い風がごおごおと音を立てて吹きすさぶという。じつにこの大きな孔こそ病んだ普羅の虚ろな心なのだろう。ほんとうなんとも胸が塞さがれてならない。

月天心
昭和二十九年、七十歳。なおいよいよ予断ゆるさなくなる。しかしながら作句はやまないのだ。これぞほんとうの俳人のあかしなるか。

　糸のなき糸巻に似て月寒し

病床から起ち上がって、ガラス戸越しに仰いだのだろう冬の月。天心にひっそりと浮かんだ「糸のなき糸巻」さながらの月影。なんとまた寒々とした一句であろうか。それにしても月を「糸巻」に喩えようとはだ。わたしはそれほど多く読んでいない、がおそらく他に例がないのではないか。句にも、歌にも、詩にも。ところで「糸巻」となると、ここにいたってとなれば、どうしても想起してしまう。そんなひょっとすると、それこそ亡き母の手にあった、ものではなかろうかと。

そしてそれは誤ってはいない。病状の亢進とともに意識も朦朧としてくるか。つづいてつぎの句をみられたし。

牡丹咲いて夜毎に狐遊びけり

いやこの夢幻世界はどうだ。わたしはこの句の初見からふと、つぎなる人物を浮かべたものだ。小川芋銭（一八六八〜一九三八）。普羅の愛読書に『小川芋銭翁草画帖』『草汁漫画』ほかがあり「写し取って冊子を作り楽しんだ」（『評伝……』）とあった。それでこの一句から芋銭の代表作の一つ「狐隊行」なる画を即座に脳裡にしたのだ。これは狐の提灯行列の伝承から想を得たもので、月夜の原っぱを、狐火を燃やしつつ、しずしずと歩みゆく狐の一隊を描いた一幅である（参照・拙著『河童芋銭』河出書房新社　平八）。ほんとうになんとも妖しい句ではないだろうか。またほかに多く「水魅（すいみ）

山妖（さんよう）」を描出した芋銭の影響濃厚な句がみえる。

河豚の怪鮟鱇の怪に年明くる

だがどんなものだろう、こんなわからない奇景を夢うつつにみつづける、そのようにもなると、すぐもうそこにその瞬間が近づいているのでは。おなし牡丹の一句にみえる。

牡丹見て一人立つなる寂しさよ

この「立つ」とは、終わりの旅立ちへの「発つ」。普羅は、もはやそのときの刻がすぐそばに迫っているのを知っていたのだろう。七月中旬より病状が急変する。そしてしばらくその一瞬がきているのだ。

昭和二十九年八月八日、秋立つ日、前田普羅、死去。享年七十。いったいその臨終の模様はわからない。おそらくそれほど多く枕元に頭はなかったろう。それはだがこのとき、座右にあった句帖の最後にページに記されていた絶詠とされる一句、がつたわっている。

月出でゝかくかく照らす月見草

この「かくかく」も、漢字にすれば赫々であろう。ぜんたいこれをどう受けとめたらいいか。おもうにどうやら、舞台は父祖の地は関村の月光の浜、そのあたりらしい。そしてそれはおそらく誤っていないだろう。わたしはその青い一幅を仰ぐようにする。

月見草に擬えられた普羅の霊はいましも、さえざえと、月天心に照りはえる家郷に帰っていこう。ここでふと浮かぶのは、第I章でみた「向日葵の月に遊ぶや漁師達」を掲げて綴った『渓谷を出づる人の言葉』のつぎなる一節、これがまあ宜しいのだ。

「月見草の花は丸い顔を向けて、昨夜出て行った主人公を迎へる」

関村は日蓮宗玄徳寺に埋葬。法名、普羅窓峯越日堂居士。墓碑銘、飯田蛇笏。

後書

前田普羅。ここまでこの人の背を追いつづけてきた。だがしかしよくその姿を捉えられただろうか。ひるがえってみて心許ないかぎり、というのが正直なところである。

明治生まれの普羅と、戦後生まれの当方と。やはりいかんせん埋めがたい隔たりがあるようだ。わたしは「前書」において一言している。「なんとも取り付きようがない、それにくわえて、どうにも首を縦にふれない、ところがあった」「まあそのあたりの曰く云いがたいところは、ふれないままで後に回してはじめるべし、と」。でそうするほかなくこの稿を見切り発車で書きだしはじめたのである。

それはさてなぜ、またこの人にこのたび向かおうと、したものだろう。きょうまでわたしは偏愛の人物のみを俎上にすることにしてきた。だけどここにきてその態度をあらためたのである。好もしい相手のみを書くだけではなく、あえて愛憎半ばする、頷けない対象もまた筆にすべきではと。「なんとも取り付きようがない」、精神をふりかざす傾向。「どうにも首を縦にふれない」、戦時のこわばった同調。などなどみてきたように、ほんとうにまったく辟易とさせられること、くだけていえば食えないお爺よなというか、がまんならないばかりであった。だがいっておこう、それもなにも覆って余りあるほどその句には深いものがあると、ここにははっきりと。

ついてはその句業と人となりを、いくばくか読者に伝えられたら。わたしは思ったのだ。がそのさきに案じたとおり、曰く云いがたいところはというとついに、曰く云いがたいままとなったようなしだい、たびたびも筆がしぶったものだ。たしかにそうであった、とはいえこの著でわずかだが、わたしなりに明らかにしえた、ことがないわけでない。

「壱　山ノ篇」において。山岳俳人前田普羅、そのように名は通ってはいる。しかしながらその内実となるとなんとも今日までほぼまったく手付かずのままだった。そこらをはじめて山域ごとにその歩き方と句の移り変わりをふくめ通覧しえたことである。さらにそこからひろげて普羅の説く「地貌」についてその句作を通し理解せんとしたところである。

「弐　地ノ篇」において。自然ではなく、世事をめぐる、山ならず、地べたの、普羅。ことにその戦前から戦後にわたって、これまでほとんどまともに語られることはなかった。あったとしても俳壇的をでないような内輪話のたぐいだった。それをまだまだ十分といえないながらも、現在の時点で可能な範囲、ここにおおよそ跡付けることができたことだ。

普羅は、それはしかしかえすがえす、厄介きわまりない人間、であったといっておきたい。いやほんとう有難いかぎりにも。

さいごに擱筆にあたり。なにをどう、いったらいいものか、わからない。でそこでふと思い付いたのである、普羅とよく交わった知友、おふたりの言で終いとしよう。じつはわたしがここまで書きついでこられたのは、どこかでそれと、つぎなるおふたりの想いをともにできたからである。

そこにはしゃきっと、明治の頑固が直立、しているのである。

飯田蛇笏、終生の俳友だ。普羅は、「潔癖」すぎるあまりに、「狷介」とさえいわれた。だけどそのほんとうの顔はちがうのではないか。蛇笏は、ずっとついて回ったそのレッテルをあっさりと剝がしてみせる。本文にも引用している「普羅俳句とその思出」にこんな発言がみえる。

「山岳作品の華やかさに比しては、全く浮かぬ顔をしている普羅作品の一面で、この飄逸性は併し彼一代の主要部分をなすものだと私は観ているので、夫れを此処にとりあげて終りをむすぶことにする」と。そうしてつぎの句を引いておよぶのだ。

朝顔を煽ぎてあそぶ団扇かな

「現俳壇作家多しといえども、このような作風を持つ作家がひとりでも他にあるであろうか」と。そうしてこう讃するのである。

「いって見れば、童子ではないところの一匹一人の大人が涼台か何かで団扇をとっている。そのほとりに朝顔が咲き盛っているのである」「この場合普羅は、何と思ったか団扇を把って、その手弱い感じの朝顔を煽いでみたのである。煽いだからといって、どういうことが起るわけでもないけれども、その花弁はもちろん青々と打重なった葉さえが、団扇の風をおくられて、へらへらへらへらと打靡くのだ。普羅にとっては夫れが唯無精に面白かったのである」

いやこの「へらへらへらと」とはいい。どんなものだろう、これほどよく普羅の句と人となりを言い得て妙な表現というものは、ないのではないか。目から鱗。さすがに蛇笏だけはある。ちゃんと心底をついている。そのまれな「飄逸性」がする「唯無精」のよろしさ。これこそ普羅へ送る拍手でないか。

というところでいま一人ここに、ぜったいはずせない御仁の手放しなまでにする、こんな普羅をみることにしよう。

棟方志功、もっとも困難なるとき、もっとも同志であった、板画極道。「わだばゴッホになる」の志功さんであれば、ついてはひとことも贅言（ぜいげん）はいらないだろう。みなさんそれぞれの普羅をふくみおかれよ。それこそそのように普羅があったろうから。

「前田普羅は、正に関東武士（クワントウザムライ）といふ気宇で立つて居た様です。

あゝいふ、心から、オソロシイほど、本物ばかりで生き、活きた人間といふか、あるいは化物の様に凄まじい本性を、いつも、かつも、見せつぱなし、出しぱなしの人間は知りません。正直以上に、正直で、剛直なほど剛直で、あるいはゴウジョウなほどゴウジョウといつても嘘にならない程で、正に曲者（クセモノ）でもありました。そして立派でした。誰がナンと言つても立派な程立派さを持つてゐました。美事な立派さでありました。

心の心まで交ぜ返しをしない人でした。たゞ一本に自分の生涯を槍の様に貫き通したといつてもよいのではないでせうか」（「前田普羅先生」『定本普羅句集』序文）

普羅引用句一覧

（原則として『定本普羅句集』辛夷社刊に依る。明らかな誤植は正した）

I

月さすや沈みてありし水中花

花を見し面を闇に打たせけり

和蘭の艦が去んでもコレラかな

カピタンに思はれて死ぬコレラかな

慌しく大漁過ぎし秋日かな

向日葵の月に遊ぶや漁師達

Ⅱ

面体をつゝめど二月役者かな
新涼や豆腐驚く唐辛
好者の羽織飛ばせし涼みかな
舟遊や平人（ひらびと）の妻（め）に狎れ給ふ
水打たせて尚たれ籠る女房哉
人殺ろす我かも知らず飛ぶ蛍
盗人とならで過ぎけり虫の門
がぶ〳〵と白湯呑みなれて冬籠
虫なくや我れと湯を呑む影法師
傘さして港内漕ぐや五月雨
歓楽の除夜吹き鳴らすホーンかな
絶壁のほろ〳〵落つる汐干かな
葛の葉や翻るとき音もなし

有る程の衣かけたり秋山家
喜びの面洗ふや寒の水
海老汲むと日々にありきぬ枯野人
年木樵木の香に染みて飯食へり
勧進の鈴きゝぬ春も遠からじ

Ⅲ

春更けて諸鳥啼くや雲の上
春尽きて山みな甲斐に走りけり
雪解川名山けづる響かな
我が思ふ孤峯顔出せ青を踏む
寒雀身を細うして闘へり
赤々と酒場ぬらるゝ師走かな
八ヶ嶽見えて嬉しき焚火哉

Ⅳ

蔓かけて共に芽ぐみぬ山桜
苗田水堰かれて分れ行きにけり
立山のかぶさる町や水を打つ
大日にすがる女人の汗かほる
雪晴れて蒼天落つるしづくかな
オリオンの真下春立つ雪の宿
うしろより初雪ふれり夜の町
神の留守立山雪をつけにけり
雪山に雪の降り居る夕かな
雪卸し能登見ゆるまで上りけり
雪を割る人に夜は更け明るけれ
雪を割る人にもつもり春の雪
明るしや黒部の奥の今年雪

国二つ呼びかひ落とす崩雪かな
大雪となりて今日よりお正月
雪五度立春大吉の家にあり

V

雪とくる音絶え星座あがりけり
青々と春星かゝり頽雪れけり
乗鞍のかなた春星かぎりなし
谷々に乗鞍見えて春祭
紺青の乗鞍の上に囀れり
山吹や寝雪の上の飛驒の径
鷹と鳶闘ひ落ちぬ濃山吹
山吹にしぶきたかぶる雪解滝
山吹の黄葉ひら〳〵山眠る

青々と山吹冬を越さんとす
白樺を横たふる火に梅雨の風
蚕せはし梅雨の星出て居たりけり
うつぼ草枯れぬわれひと知らぬ間に
月に出て人働けり下り簗
落ち／＼て鮎は木の葉となりにけり
おち果てゝ鮎なき湍の月夜かな
道ばたにくづるゝ簗の月あかり
霜柱ぐわら／＼くづし獣追ふ
杣がくゞり熊が通れる頽雪どめ
人住めば人の踏みくる尾根の雪
飛驒くらし人も歩かず雪つもる
雪おとす樹々も静まり鶯渡る
寒山に谺のゆきゝ止みにけり

雪山は月よりくらし貌さびし
遠なだれ山鳥の尾を垂れて飛ぶ
吹雪来ぬ目鼻も分かず小商人
吊橋の深雪ふみしめ飛驒へ径
十銭のあきなひするや冬山家
色変へて夕となりぬ冬の山
松立てゝ古き馬屋の雀の巣

VI

茅枯れてみづがき山は蒼天(そら)に入る
霜つよし蓮華とひらく八ヶ嶽
駒ヶ嶽凍てゝ巌を落しけり
茅ヶ嶽霜どけ径を糸のごと
奥白根かの世の雪をかゞやかす

弥陀ヶ原漾ふばかり春の雪
牛嶽の雲吐きやまぬ月夜哉
大空に弥陀ヶ原あり春曇

Ⅶ

雪つけし飛驒の国見ゆ春の夕
萩枯れて芒は枯れて佐渡見ゆる
春の海や暮れなんとする深緑
立春や一抹の雪能登にあり
神々の椿こぼるゝ能登の海
春光や礁あらはに海揺るゝ
一点の雲のそゝげる余寒かな
ごう〳〵と一とき東風の渡る湖
能登人や言葉少なに水を打つ

梅雨晴や鵜の渡りゐる輪島崎
飛魚の入りて輝く鮪網
暁の蟬がきこゆる岬かな
奥能登や浦々かけて梅雨の滝
土用浪能登をかしげて通りけり
月の江や舟より長き筵を揚ぐる
筵は沈む静かに月の水の面
はるかなる秋の海より海女の口笛
白々と海女が潜れる秋の海
遊び女も海女も閉しぬ冬の海
鰤網を越す大浪の見えにけり
鰤の尾に大雪つもる海女の宿
寒凪や銀河こぼるゝなまこの江
珠洲の海の高浪見るや海鼠かき

Ⅷ

落葉松に焚火こだます春の夕

春星や女性浅間は夜も寝ねず

春の宵北斗チクタク辷るなり

女性浅間春の寒さを浴びて立つ

雉子啼き轍くひこむ裾野径

鶯の下りて色濃し溶岩の盤

慈悲心鳥おのが木魂に隠れけり

朝凪ぎし溶岩の滝津瀬蝶わたる

吾妻の人と別れて蝶を追ふ

春の雪下りて噴煙北を指す

春の天浅間の煙お蚕のごと

花は飛び浅間は燃ゆる大月夜

浅間山月夜蛙にねざめ勝ち

一すぢの径を浅間へキジムシロ
若葉して人に触るゝや毒卯木
霧迅しサラシナショウマ雨しづく
吾亦紅枯首あげて霧に立つ
山吹や昼をあざむく夜半の月
浅間山蟹棲む水の滴れり
浅間山巽の水に山葵畑
浅間こす夕日に追はれ畦をぬる
浅間なる照り降りきびし田植笠

IX

日焼け濃く戦ひに行く農夫かな
郭公や山河色濃く兵かへる
杣のゐる新樹の下を兵かへる

柿若葉眉目清らに兵帰へる
いくたびか兵を送りし草も秋
いくさ長期木々の冬芽の浅みどり
雪山のさへぎる海の勝戦
勝戦かくも静かに雪降れり
春寒くグレートブリテン今か潰ゆ
雪玲瓏サタン英虜は雲を堕つ
わが国の山河をてらす夜振かな
戦へば漆黒の夜の明け易し
戦へる闇きになれて端居かな
この雪に昨日はありし声音かな
俳諧を鬼神にかへす朧かな
戦するふんどしかたし今年麦
袷着てわれ在りアッツ匈らるゝ

花更へて本積みかへて夜寒なる
人の日や読みつぐグリム物語
舞ひ果てゝ大蛾の帰へる闇夜かな
破れたる翅もたゝむ蛾の踊
ビロードの夜会服つけ大蛾来
一と踊り命がけなる大蛾かな
舞ひすみし大蛾の腹に浪うてり
舞ひ果てゝ林檎をすべる大蛾かな
世の中に忘らるゝ頃大蛾去る
顔見せて裏がへしなる大蛾かな
大蛾舞ひし夜も遠ざかる軽井沢
うらがへし又うらがへし大蛾掃く
舞ひ済みし大蛾もまじる落葉かな
秋晴の白根にかゝる葉巻雲

秋晴や草津に入れば日曜日

X

故郷はいづこ月下に蛍追ふ
青林檎むいてかしづく父の酔
かく生きてイヌノフグリに逢着す
舌端に追ひ廻さるゝ瓜の種
西瓜食ふやハラリ〳〵と種を吐く
フツホツと瓜の種吐く老の口
秋風の吹きくる方に帰るなり
かりがねのあまりに高く帰るなり
旅人に机定まり年暮るゝ
旅僧の夢に泣き居る昼寝かな
金堂の柱はなるゝ秋の蝶

秋篠の人の早寝や落し水
大和なる千種の錦しきて座す

XI

何事ぞおけらおけらが皆逃ぐる
捨てかねし命をありく時雨かな
凍蝶の落ちたる如く雪に立つ
凍蝶の地を掻く夢のなほありて
接骨木を煎じこんこんと梅雨に眠る
荒梅雨に立たす接骨木観世音
彩足らぬ蝶々出でゝ弥生尽
草の実の色をつくして懸りけり
よき顔の天人のごと鵜堕つ
軀を懸けて人を憎めり鵜の目

鳴いて堕つる鶫が見ゆる三輪の山
飛んで来て倒さに懸る鶫かな
三笠山森閑として鶫堕つ
オリヲンの下の過失はあまり小
山川の凍れる上の竹の影
昇天に遅れし羽蟻かくやくと
羽蟻たつや已に地上のものならず
たかぶりの去りたる羽蟻翔けんとす
羽蟻たつ時あめつちの震ひけり
羽蟻発つや聖霊のごと輝やきて
花散つてゐる奥山の恐ろしき
奥山に風こそ通へ桐の花
奥山に逆巻き枯るゝ芒かな
人の世の奥山の草枯れて立つ

奥山の菫を染むる風雨かな
孔あけて火山鳴るなり冬の風
糸のなき糸巻に似て月寒し
牡丹咲いて夜毎に狐遊びけり
河豚の怪鮟鱇の怪に年明くる
牡丹見て一人立つなる寂しさよ
月出でゝかくかく照らす月見草

後書

朝顔を煽ぎてあそぶ団扇かな

略年譜

明治一七（一八八四）年二月一八日、前田丑松、りせの長男として横浜に生まれる。（出生の詳細は不明で、生地に東京説もある）

三〇年頃、両親が台湾に転任、東京の親戚に寄寓。開成中学に学ぶ。

三五年、早稲田大学英文科に入学。

三七年、同大学中退。横浜区裁判所勤務後、時事新報社を経て報知新聞社横浜支局の記者となる。

四三年、本家筋の前田ときと結婚。

大正元（一九一二）年、「ホトトギス」に初投句。

三年、「ホトトギス」課題選者に推され、原石鼎、飯田蛇笏、村上鬼城らと虚子門の四天王と称される。

一二年九月、関東大震災に遭い家財一切を失う。

翌年、報知新聞社富山支局長として転任。

昭和四（一九二九）年、俳誌「辛夷」主宰となる。

同年、報知新聞を退社、俳句に専念。甲斐、飛驒、越中の山峡を探訪、大正昭和前期を代表する山岳俳人の盛名をえる。

五年、『普羅句集』（辛夷社）刊行。（九年、新訂版）

一八年、『春寒浅間山』（靖文社）刊行。（二一年、増補版）

二〇年八月、富山空襲に遭い家財一切を失う。翌年三月、近火で転居先が類焼。

二二年、『飛驒紬』（靖文社）刊行。

二四年、仮寓を畳み富山を去り、伊勢や大和を転々とする。

二五年、東京杉並に移住後、西多摩郡増戸村に住む。同年『能登青し』（辛夷社）刊行。

二六年、大田区矢口に転居。

二七年、持病の腎臓病が悪化、高血圧症を併発。

二九（一九五四）年八月八日、死去。享年七十。

没後二〇年、『定本普羅句集』（辛夷社）刊行。同四〇年、散文集『渓谷を出づる人の言葉』（能登印刷出版部）刊行。

正津　勉（しょうづ・べん）
1945年福井県生まれ。72年、『惨事』（国文社）でデビュー。代表的な詩集に『正津勉詩集』『死ノ歌』『遊山』（いずれも思潮社）があるほか、小説『笑いかわせみ』『小説尾形亀之助』『河童芋銭』、エッセイ『詩人の愛』『脱力の人』（いずれも河出書房新社）、『詩人の死』（東洋出版）など幅広い分野で執筆を行う。近年は山をテーマにした詩集『嬉遊曲』『子供の領分｜遊山譜』、小説『風を踏む―小説『日本アルプス縦断記』』、エッセイ『人はなぜ山を詠うのか』『行き暮れて、山。』（いずれもアーツアンドクラフツ）、『山川草木』（白山書房）、『山に遊ぶ　山を想う』（茗溪堂）など、ほかに『忘れられた俳人河東碧梧桐』『「はみ出し者」たちへの鎮魂歌』（平凡社新書）がある。

山水の飄客 前田普羅
2016年1月31日　第1版第1刷発行

著者◆正津　勉
発行人◆小島　雄
発行所◆有限会社アーツアンドクラフツ
東京都千代田区神田神保町2-2-12
〒101-0051
TEL. 03-6272-5207　FAX. 03-6272-5208
http://www.webarts.co.jp/
印刷　シナノ書籍印刷株式会社

落丁・乱丁本はお取り替えいたします。
ISBN978-4-908028-11-3　C0095